UN SECRET LIBÉRÉ

MEUTE SAUVAGE TROIS

EVE LANGLAIS

Copyright © 2022 Eve Langlais

Couverture réalisée par Joolz & Jarling (Julie Nicholls & Uwe Jarling) © 2022

Traduit par Iris Loison et Valentin Translation

Produit au Canada

Publié par Eve Langlais

http://www.EveLanglais.com

ISBN livre électronique: 978-1-77384-3780

ISBN livre pochet: 978-1-77384-3797

Tous Droits Réservés

Ce roman est une œuvre de fiction et les personnages, les événements et les dialogues de ce récit sont le fruit de l'imagination de l'auteure et ne doivent pas être interprétés comme étant réels. Toute ressemblance avec des événements ou des personnes, vivantes ou décédées, est une pure coïncidence. Aucune partie de ce livre ne peut être reproduite ou partagée, sous quelque forme et par quelque moyen que ce soit, électronique ou papier, y compris, sans toutefois s'y limiter, copie numérique, partage de fichiers, enregistrement audio, courrier électronique et impression papier, sans l'autorisation écrite de l'auteure.

PROLOGUE

Il courait, ses quatre pattes poilues prenant appui sur le sol limoneux, la forêt défilant dans un flou vert et brun. Il haletait, sa chaleur soufflant dans l'air plus frais. Son cœur battait la chamade. Ses mouvements étaient rapides et silencieux. Malgré tous ses efforts, il ne pouvait échapper aux aboiements lointains des chiens.

Ne te fais pas attraper. Il avait vu ce qui arrivait à ceux qui trébuchaient. Il était le dernier de sa portée, après tout.

Des branches s'accrochaient à sa fourrure, dont le roux vif contrastait avec le feuillage tout autour de lui. Elle était emmêlée par endroits, car il n'avait pas pu se nettoyer correctement depuis qu'il avait été placé dans la minuscule cage. Une cage trop petite pour qu'il puisse s'y étirer.

Le manque d'exercice se faisait sentir dans ses

muscles tremblants. Il ne voulait rien de plus que s'arrêter. Respirer. Se reposer.

Au lieu de cela, il devait courir plus vite. Impossible de se cacher, les chiens de chasse le flaireraient, et il ne lui resterait alors plus aucun espoir de se sauver.

Surgissant des bois dans une clairière qui, dans d'autres circonstances, aurait été jolie, car elle était parsemée de fleurs sauvages, il trébucha, tombant le museau le premier dans l'herbe alors qu'il tentait de stopper son élan.

Renardeau à l'allure dégingandée, il lutta pour se remettre sur ses pattes, essayant de ne pas trop trembler à la vue de la personne debout devant lui. À son odeur, il se rendit compte que c'était une femelle, l'épaisse fourrure au sommet de sa tête de couleur argentée. Les yeux du petit renard étaient captivés par l'étrange kaléidoscope de couleurs dans ceux de la femme.

Aucun mot ne fut prononcé, et pourtant, lorsqu'elle inclina la tête, il comprit. *Mets-toi derrière moi.*

Pourquoi ? Il ne comprenait pas pourquoi une étrangère lui offrirait son corps comme bouclier, mais il était assez âgé pour comprendre qu'elle ne semblait pas lui vouloir de mal, contrairement aux chiens et à leurs maîtres.

Il se glissa derrière la femme et regarda la lisière de la forêt de l'autre côté. Devait-il s'enfuir pendant qu'elle ne lui prêtait pas attention ?

Ses oreilles se dressèrent lorsqu'un chien aboya. Il était proche. Si proche maintenant.

Un grondement sourd le fit jeter un nouveau coup d'œil à la femme, qui s'avançait. Elle n'avait pas peur des chiens qui approchaient. Elle ne connaissait pas les chasseurs qui les suivaient.

Il jappa.

Elle le regarda par-dessus son épaule.

— N'aie pas peur, mon petit, murmura-t-elle.

Il poussa un autre aboiement bref, qu'il espérait qu'elle prendrait comme un avertissement. *Danger*.

Elle lui fit un clin d'œil et découvrit ses dents dans un sourire malicieux, qui le rassura étrangement.

Lorsque le premier des chiens émergea dans la clairière, elle poussa un sifflement perçant qui manqua de le faire hurler.

Il la regarda avec des yeux écarquillés lorsqu'elle chargea les chiens qui le traquaient. À grandes enjambées, elle se dirigea vers les chiens qui aboyaient, ignorant le fait qu'ils étaient cinq fois plus nombreux qu'elle.

Probablement parce qu'elle n'attaquait pas seule.

Une paire de loups émergea de la forêt. La fourrure du premier était tachetée. Celle du second était si sombre qu'il devait être invisible la nuit. Leur vue s'avéra suffisante pour que les chiens rentrent la queue et s'enfuient dans la direction d'où ils venaient, gémissant de peur.

La paire de loups poursuivit les chiens, mais la femelle argentée s'arrêta et se retourna pour le regarder.

— Tu es en sécurité maintenant. Tu n'es pas obligé de te cacher.

C'est à ce moment qu'il comprit. *Elle est comme moi.*

Cette épiphanie le fit changer de forme pour prendre l'autre, celle à deux pattes, celle dont les jambes étaient grêles et le ventre était mou. Il ne se métamorphosait pas souvent, car sa cage ne pouvait pas accueillir sa deuxième forme. Ses cheveux roux tombaient sur son visage, couvrant partiellement ses yeux.

Avec une expression douce, elle lui sourit et lui tendit la main.

— Viens avec moi, mon petit. Il est temps de t'emmener dans un endroit sûr. Un endroit où tu pourras t'épanouir et grandir.

Il comprenait ses paroles, même s'il ne parlait pas. Une appréhension l'assaillit. Qui était-elle ? Que voulait-elle ?

Il entendit un cri aigu de douleur et des grognements alors que les loups se jetaient sur les chiens. Des chiens qui lui auraient fait du mal s'il avait été attrapé.

— Je te promets que je ne veux pas te faire de mal. Personne ne te fera jamais de mal, ou ils devront en répondre devant moi, ajouta-t-elle dans un grognement sourd. Tu as ma parole en tant qu'émissaire du Lykosium.

Bien qu'il n'ait pas l'habitude de la gentillesse, il en avait un besoin fou. Quelque chose chez cette femme lui demandait de faire confiance. Il serra les doigts tendus de la femme.

La femme, appelée Luna, l'emmena chez elle, l'éleva, le protégea et lui apprit à se battre.

Lorsqu'il atteint l'âge adulte et que l'occasion se présenta, il remboursa la générosité de Luna en la servant et, ce faisant, sauva bien d'autres garous du sort qu'il avait presque subi.

Et comme ceux qui les avaient chassés, lui et les siens, Kit ne montrait aucune pitié.

CHAPITRE UN

De nos jours

— Quand reviens-tu ? demanda Luna, ce qui était son droit, car elle était la supérieure de Kit et l'actuelle chef du Conseil Lykosium.

Elle était aussi sa mère adoptive, mais pas en ce qui concernait les affaires du conseil.

Kit bougea le téléphone à son autre oreille avant de répondre :

— Bientôt. Mon enquête ici n'est pas tout à fait terminée.

En tant qu'exécuteur de Lykosium, qui agissait également en qualité d'espion, Kit était l'une des rares personnes de confiance qui vérifiait que les meutes garous suivaient les règles. Si ce n'était pas le cas, il les arrêtait pour les traduire en justice, ou parfois, l'appliquait lui-même.

— Oh ?

Rien d'autre, juste ce simple mot. En grandissant, il avait compris que Luna n'était pas du genre à poser beaucoup de questions ou à forcer des réponses. Cela s'était toujours avéré étrangement efficace.

— J'ai une piste.

Une piste des plus minimales, et pourtant, elle lui tordait les tripes.

— Vraiment, ou laisses-tu tes émotions obscurcir ton jugement ?

— Ce serait une première, répondit-il sèchement.

Sa petite enfance de jouet de chasse pour humains sadiques avait laissé des traces. Il ne faisait pas confiance facilement, et Luna était l'une des rares personnes à qui il tenait vraiment. Il lui devait la vie et son nom idiot. Que c'est original, nommer un garou à l'impossible génétique de renard Kit, un mot anglais qui signifie renardeau. Pour sa défense, quand elle l'avait trouvé tout petit, il n'avait pas de nom. Pas de mots. Rien d'autre qu'un instinct de survie.

— C'est à propos de cette fille, déclara Luna.

Pas besoin de nom, car *elle* remplissait son esprit.

Poppy Smith. Ce n'était pas son vrai nom. Née Pénélope Moondust Jameson, elle avait six ans de moins que Kit, bien que l'âge importe peu.

Il l'avait rencontrée pour la première fois alors qu'il était sur la piste d'un garou devenu sauvage. Kit avait poursuivi Samuel, un ancien Alpha aux tendances abusives, jusqu'à un ranch éloigné du nord de l'Alberta. Il avait fini par trouver plus qu'il ne s'y attendait, y compris une jeune femme qui tressaillait devant des ombres.

En tant que personne qui avait autrefois eu les mêmes réflexes, il avait reconnu les signes d'abus. Ce qui l'avait poussé à enquêter sur les personnes vivant au ranch, à la recherche d'un coupable, avant de se rendre compte que sa peur résultait d'abus dans son passé. Cela aurait dû être la fin de l'histoire. Au lieu de cela, il avait creusé. Une fois qu'il avait commencé, le mystère s'était épaissi.

— Il ne s'agit pas de mademoiselle Smith, mais plutôt de son ancienne meute. Je crois que quelque chose d'anormal leur est arrivé.

Quelque chose qui à ce jour continuait de causer à Poppy des terreurs nocturnes. Il l'avait entendue crier. Non pas qu'il l'espionnait, il remplissait simplement son devoir d'exécuteur.

— Si tu penses que cela mérite une enquête plus approfondie, alors tu as ma bénédiction.

Comme s'il pouvait y avoir un autre résultat.

— Merci.

Il raccrocha et réfléchit à la prochaine étape.

Il avait peu d'options, étant donné que la meute à laquelle Pénélope/Poppy avait appartenu s'était dissoute il y avait des années de ça. De petite taille, elle avait été décimée par une vague de morts accidentelles, dont celle de leur Alpha. Les quelques survivants, dont Pénélope, s'étaient dispersés.

Elle n'avait refait surface qu'au retour de son frère unique, Darian, qui avait pris congé de l'armée pour rendre visite à sa famille, avant de demander ensuite une libération, invoquant des problèmes personnels, à savoir la mort de sa mère dans un accident de chasse. Ce qui se produisait plus qu'il le faudrait parmi les garous. Il ne fallait qu'une seule balle pour mettre fin à une vie.

Il existait une possibilité distincte que Darian ait abandonné sa carrière pour s'occuper de sa sœur cadette. Cela n'expliquait pas la période où ils avaient disparu, ne laissant aucun indice quant à où ni pourquoi. Non seulement ils avaient déménagé, mais ils avaient changé de nom et s'étaient retrouvés dans un endroit des plus reculés.

Pour Kit, c'était synonyme de secret.

Quelle que soit la raison de leurs actions, il parierait que cela avait à voir avec la raison pour laquelle Poppy verrouillait toutes les portes, même au milieu de nulle part. Cela expliquerait pourquoi elle sursautait lorsqu'une branche se cassait, et ses gémissements la nuit quand un cauchemar la secouait.

Il y avait cependant une chose qu'il ne comprenait pas. Pourquoi ça le dérangeait. Il s'était trouvé intrigué dès le moment où il l'avait vue, une beauté à l'air fragile, aux cheveux châtain clair, longs et raides. Sa silhouette aurait besoin de quelques kilos de plus. Ironiquement, elle cuisinait. Beaucoup. À en juger par les expressions et les exclamations de ceux qu'elle nourrissait, elle connaissait son affaire, même si elle touchait à peine ses propres repas.

Il ne pouvait pas blâmer l'arôme décadent de son

ragoût de bœuf ou la tentation alléchante de sa tarte aux pommes pour son obsession. Sa fascination pour elle avait commencé la première fois qu'il avait senti son odeur persistante dans le potager.

L'arôme le plus parfait. Qui le taquinait. Le tentait. Lui donnait envie de se rapprocher.

Une partie de lui comprenait pourquoi. L'instinct d'accouplement. Ce n'était pas une chose à laquelle il s'était attendu, puisqu'il n'était qu'à moitié garou. Pourtant, il était indéniable qu'il était attiré par Poppy. Et aussi révulsé, car il n'avait jamais l'intention de se caser avec qui que ce soit.

S'il avait creusé dans le passé de cette femme, ce n'était pas à cause de l'intérêt qu'il lui portait, mais parce qu'il avait été entraîné à flairer le danger. Quelque chose ne sentait pas bon à propos de sa meute et de sa situation.

D'une part, les meutes ne se séparaient pas. Cela nécessitait de lourdes attritions ou une tragédie. Dans ce cas précis, plus de sept membres avaient disparu en peu de temps. Disparu, comme partis sans emporter aucune de leurs affaires avec eux.

Leur départ n'était pas passé inaperçu. Cependant, la police n'avait eu aucune piste à l'époque, et le fait que personne n'ait fait état de personne disparue n'avait pas aidé. Tout comme personne n'avait remarqué que Pénélope avait soudainement cessé d'assister à ses cours de cuisine à l'université. Elle était passée d'avoir des notes presque parfaites à ne pas se présenter. Et personne n'avait pensé à demander pourquoi.

Comprendre les raisons de ce départ l'avait fait se plonger plus profondément dans ses recherches. Il avait trouvé plus que prévu. La mère de Poppy, Kora Jameson, n'avait que deux enfants. Son mari était mort quand ils étaient petits. Une sorte d'accident de construction. Elle ne s'était jamais remariée et avait vécu dans la même maison jusqu'à ce qu'elle la vende un an avant que son nouveau logement ne brûle, avec elle et son petit ami de l'époque. Les archives montraient que cette nouvelle résidence appartenait à une société qui, à l'époque, la louait à un dénommé Gérard Kline, un homme très riche.

Et c'était tout ce que Kit avait pu trouver sur cet homme. Pas d'historique, pas de photo, rien. Il était censé être mort dans l'incendie lui aussi, mais son corps n'avait pas été retrouvé, seulement celui de Kora. L'incendie avait été déclaré un accident. Le rapport mentionnait un nid dans la cheminée, ou quelque chose dans ce genre.

Pire coup de malchance, alors que Pénélope Jameson fuyait la maison en feu, elle avait reçu une balle accidentelle provenant de l'arme de ce que la police supposait être un chasseur. Si son frère n'était pas arrivé pour leur rendre visite à ce moment précis et ne lui avait pas procuré les premiers secours, elle n'aurait peut-être pas survécu. Le rapport de l'hôpital faisait état de nombreuses blessures, dont certaines semblaient avoir peu à voir avec des blessures par balle à la jambe et à l'intestin.

La police n'avait pas considéré Pénélope et son frère comme chanceux, et avait passé beaucoup de temps à les interroger sur l'incendie, ainsi que sur les morts de leur mère et de son petit ami. Finalement, ils n'avaient rien à leur reprocher, car il n'y avait aucun signe d'acte criminel.

Lorsque l'hôpital a libéré Pénélope, elle a disparu avec son frère. Cela aurait dû être la fin de l'histoire. Seulement...

Récemment, il avait été porté à l'attention du Lykosium qu'une meute locale perdait des membres. Plus d'une douzaine maintenant, bien qu'il semblât que certains aient simplement fui.

Ceux-ci avaient emporté toutes leurs affaires. Quant aux autres ? Ils avaient laissé la nourriture pourrir dans les réfrigérateurs, liquidé leurs comptes bancaires et avaient tout simplement disparu.

Cela avait rappelé la meute de Pénélope à Kit. Comme par hasard, la même compagnie qui avait loué une maison à Gérard Kline à cette époque en louait maintenant une à un certain Théodore Kline.

Coïncidence ? Kit n'y croyait pas. Il devait se demander s'il y avait une raison pour laquelle personne n'avait trouvé de corps dans cet incendie. Une raison pour laquelle lorsqu'une certaine jeune femme était apparue, maltraitée et traumatisée, à l'hôpital, nombre de ses blessures n'avaient été causées ni par un incendie ni par des balles.

Cependant, émettre l'hypothèse que ce Kline blessait des garous et agir en se basant sur ces soupçons étaient deux choses différentes. Kit était peut-être impitoyable, mais il suivait également à la lettre les règles du Lykosium qui lui étaient imposées. Il ne pouvait y avoir de condamnation sans preuve, ce qu'il n'obtiendrait pas en traînant au ranch. Il avait rempli sa mission. Le problème qu'était Samuel avait été réglé. Le nombre illégal de garous rassemblés au ranch avait reçu le statut légal de meute. Le travail était fait.

Néanmoins, il ne pouvait pas encore repartir.

Il lui restait une chose à faire.

CHAPITRE DEUX

Poppy jeta un coup d'œil par la fenêtre de la cuisine du ranch pour la troisième fois en une heure. Le jardin était le même, vert, fleurissant et vide. Malgré cela, le sentiment lancinant d'être surveillée persistait, mettant ses nerfs à vif.

Depuis l'épisode avec Samuel et le Lykosium, elle était agitée et nerveuse. Elle n'avait jamais su que le ranch était surveillé. Quelqu'un les espionnait-il encore ?

Pourquoi cela serait-il le cas ? Ils ne faisaient rien de mal. Ils vivaient simplement, en travaillant au ranch comme une vraie Meute, ce qu'ils étaient désormais, avec un Alpha qui s'occupait d'eux.

Poppy savait bien qu'elle n'avait aucune raison de s'inquiéter. Personne ici ne lui ferait de mal, et tous se dresseraient comme un bouclier si jamais elle avait besoin d'aide. Cependant, savoir cela ne l'aidait pas à faire face à son anxiété croissante et au retour de ses cauchemars.

Elle ne pouvait même pas identifier ce qui avait déclenché leur résurgence, mais elle ne pouvait pas ignorer les résultats. Elle se réveillait en gémissant, en sueur et embarrassée. Puis elle se sentait mal parce que ses terreurs nocturnes réveillaient également son frère, qui l'apaisait ensuite, bien qu'il essaie de cacher sa rage et son impuissance à pouvoir l'aider.

Darian avait toujours été le grand frère qui faisait disparaître les mauvaises choses.

Un jour, un sale gosse avait poussé Poppy dans la cour de récréation et elle était rentrée à la maison en sanglotant avec un genou écorché. Ce même gamin s'était présenté le lendemain avec des pansements sur les deux genoux et s'était excusé.

Quant au garçon qui l'avait larguée pour sortir avec une autre fille ? Cette dernière avait laissé tomber le garçon comme une vieille chaussette parce qu'un beau mec plus âgé lui avait demandé de sortir avec lui.

Son grand frère avait toujours été là pour Poppy, sauf quand il ne l'était pas. Il avait rejoint l'armée à la sortie du lycée, et tout se serait bien passé si leur mère n'était pas sortie avec le mauvais genre de mec.

Poppy cligna des yeux et baissa la tête. *Non. Non. Ne pas y penser.* Il valait mieux laisser certaines choses dans le passé.

Elle s'occupa en préparant le dîner pour toute l'équipe du ranch. Astra allait accoucher d'un jour à l'autre, et avait un mari qui la surveillait de près, du nom de Bellamy. Ensuite, il y avait Pierce, Reece, Nova, Hammer, le grincheux Lochlan et l'Alpha de la Meute sauvage, Amarok, ainsi que sa nouvelle épouse, Meadow. Ils avaient récemment perdu l'un de leurs membres, Asher, le farceur du ranch, qui avait déménagé en ville pour être avec sa compagne, mais il gardait le contact avec eux. Bien qu'elle fût heureuse qu'il ait trouvé l'amour, son sourire décontracté et son humour lui manquaient.

La nourriture de Poppy fut dévorée et déclarée délicieuse. Rien de nouveau. Ils disaient ça à chaque repas. Comme elle avait cuisiné, tout le monde participait au nettoyage, à l'exception d'Astra qui se reposait, une main sur son ventre.

— Je pense que le bébé a aimé la tarte au sucre, déclara Astra en souriant en direction de son abdomen bombé.

Au début de la grossesse, Poppy avait envié son amie. Jeune, elle s'était toujours imaginée avec plusieurs enfants. Ensuite, cette option lui avait été retirée. Le mieux qu'elle pouvait espérer était de vivre par procuration à travers les autres.

— Veux-tu que je te prépare une tisane ? proposa-t-elle.

— Ah non, plus de liquides ! implora Astra. J'ai failli me faire pipi dessus la nuit dernière quand le bébé m'a donné un coup de pied dans la vessie.

Un sourire apparut sur les lèvres de Poppy.

— Ce ne sera plus long.

— Ne me le rappelle pas, dit Astra avec un faux grognement.

Bellamy et elle avaient hâte d'agrandir leur famille. Ils avaient dû se battre contre leurs familles respectives pour être ensemble, mais ils s'aimaient suffisamment pour refuser de céder à la pression.

Parfois, Poppy souhaitait pouvoir trouver ce genre d'amour, puis la réalité de son passé la frappait. Aucun homme ne voudrait d'elle une fois qu'il connaîtrait la vérité.

— Je pense que je vais me coucher tôt, a-t-elle dit, remarquant qu'il faisait déjà noir dehors, à l'exception des lampes solaires qui offraient un chemin lumineux du ranch à la cabane qu'elle partageait avec son frère. Ses amis les avaient installées juste pour elle, afin qu'elle n'ait pas à faire le chemin dans l'obscurité. Elle ne leur avait jamais dit que les lumières aggravaient son anxiété, car elles approfondissaient les ombres au-delà du chemin éclairé.

Pour partir, elle dut passer par la cuisine et au travers des gens bien intentionnés. *Est-ce que ça va ? Tu veux de la compagnie ? Et si je t'accompagnais ?*

Elle les avait tous rejetés :

— Je suis fatiguée. Je vais me gaver de friandises et lire un livre au lit.

Pour étayer sa déclaration, elle attrapa une boîte de biscuits fraîchement sortis du four et sourit en sortant par la porte arrière.

Sur le chemin, elle se demanda si quelqu'un la

regardait. Il lui fallut bien des efforts pour ne pas courir. Si elle le faisait, quelqu'un pourrait le voir et exiger de savoir pourquoi. Elle ne pourrait jamais le leur dire. C'était déjà bien assez qu'ils la traitent tous comme un animal blessé. S'ils comprenaient vraiment...

Elle secoua la tête, chassant les pensées qui ne s'arrêtaient pas. Pourquoi maintenant ? Pourquoi, après tout ce temps, les souvenirs continuaient-ils d'essayer de refaire surface ? *Restez dans votre boîte*. Une boîte qu'elle gardait verrouillée quand elle était éveillée, mais qui s'ouvrait en douce dans son sommeil.

Elle entra dans la cabine, et la boîte à biscuits qu'elle tenait faillit tomber lorsqu'elle comprit qu'elle n'était pas seule.

Le cœur battant, elle lutta pour ne pas trembler.

— Qu'est-ce que vous faites là ? demanda-t-elle à l'homme assis dans le fauteuil préféré de son frère, le roux vif de ses cheveux contrastant avec son regard froid.

Elle posa la boîte avant de la laisser tomber.

— Nous nous retrouvons.

— Si on peut appeler ça retrouvailles, vu que nous ne nous sommes pas adressé un seul mot la dernière fois.

Toutefois, elle se souvenait de l'avoir vu dans cet entrepôt où Asher avait sauvé Val de mauvaises personnes, et où elle avait ravalé sa peur et avait accompagné le groupe pour leur apporter son aide.

Kit. Pas de nom de famille. Un exécuteur du Lykosium. Ici, chez elle.

Elle essaya de ne pas avoir l'air effrayée et d'empêcher sa voix de trembler.

— Que voulez-vous ?
— Ton aide, dit-il d'un ton catégorique.
— Avec ?

Elle enfonça ses doigts dans ses paumes, craignant ses prochains mots.

Ses lèvres formaient une courbe sournoise, et l'estomac de Poppy se retourna lorsqu'il ronronna :

— Devine pourquoi le Lykosium pourrait avoir besoin de tes services, Pénélope Moondust Jameson.

Entendre son ancien nom lui fit froid dans le dos. Elle secoua la tête et referma les bras autour de son buste.

— Vous avez la mauvaise personne.
— Ne gaspille pas ton souffle en mentant. Je sais qui tu es. Je sais d'où tu viens. Et j'ai besoin de ton aide.

Il ne pouvait lui demander qu'une chose. La seule chose qu'elle ne pouvait pas faire.

— Je ne peux pas.
— Qui a dit que tu avais le choix ? Le Lykosium fait appel à toi pour l'aider dans une enquête impliquant des crimes contre les garous.

Ses lèvres tremblaient lorsqu'elle chuchota :
— Je préfère encore mourir.
— En plus de condamner les autres, apparemment.
— Je ne peux pas vous aider.

Elle serra les poings, enfonçant ses ongles dans ses

paumes, essayant d'endiguer les tremblements de son corps pendant qu'il lui rappelait pourquoi elle s'était enfuie vers ce que certains considéraient comme le trou du cul du monde.

— Tu le peux. Si tu arrêtes de te complaire dans la peur.

Elle leva son menton.

— Cela s'appelle l'autopréservation.

— Est-ce ainsi que nous appelons la lâcheté, maintenant ?

L'insulte fit tomber la mâchoire de Poppy.

— Sortez.

— Je vais partir, mais seulement parce que j'en ai fini ici. Tu as la nuit pour réfléchir.

Kit se dressa soudain, trop grand et imposant. Ce n'était pas un ami comme Amarok et les autres.

— Je n'ai pas besoin de temps pour savoir que le passé doit rester enfoui.

Parce que, comme les corps, le passé ne puait que plus avec le temps.

Il la fixa assez longtemps pour qu'elle frissonne. De peur, mais aussi parce qu'elle avait pris conscience. De son parfum. De sa largeur. De sa force.

— Est-ce enfoui, cependant ? Il me semble que tu vis avec ça tous les jours.

Et sur cette déclaration inquiétante, il partit. Ce n'est qu'à ce moment-là qu'elle remarqua qu'il avait laissé derrière lui une légère odeur de renard et une certitude qui la fit déglutir difficilement.

Je pense qu'il pourrait être mon compagnon.

Elle n'en avait pas la certitude. La raison pour laquelle il était venu lui demander de l'aide était la chose qui garantissait qu'une personne brisée comme elle, souillée et imparfaite, ne pourrait jamais trouver l'amour.

Je n'en suis pas digne.

CHAPITRE TROIS

C'est ma compagne.

Cela n'aurait pas dû être possible, pas pour quelqu'un comme Kit. Pas à cause de ses actions, mais à cause de sa génétique. Kit était ce que certains appelaient une impossibilité. Un renard-garou avec quelques traits de loup. Personne ne savait comment c'était arrivé, mais Kit avait quelques théories, et aucune d'entre elles n'était plaisante.

Kit se glissa hors de la cabine par la porte arrière, s'arrêtant lorsqu'il s'aperçut que quelqu'un l'attendait.

— Qu'est-ce que tu fous ici ?

Darian, le frère aîné de Poppy, émergea de l'ombre, les poings serrés sur les côtés, l'expression tendue par la colère... et la peur. Même un garou n'ayant rien à cacher doit faire preuve de prudence lorsqu'un exécuteur sanctionné par le Lykosium se présente à sa porte.

— J'avais une chose à discuter avec ta sœur.

— C'est ça, ouais !

Kit ne fit aucun mouvement pour se défendre lorsque l'homme l'attrapa et le plaqua contre le mur de la cabine.

— Laisse Poppy tranquille !

— Je crains que ce ne soit pas possible.

Ce n'était pas tout à fait vrai. Kit pouvait trouver un moyen d'enquêter sans l'utiliser, et pourtant, il avait choisi de la mettre face aux choses, espérant qu'il s'approcherait suffisamment pour apaiser sa curiosité. Cela n'avait pas fonctionné.

— Pourquoi ?

— J'ai peut-être trouvé celui qui l'a blessée.

— Il est mort.

— Les morts laissent des corps derrière eux, souligna Kit.

— Tu es en train de dire que Gérard est vivant ? Où ?

Darian relâcha Kit et serra les poings, bouillonnant.

— Y a-t-il une raison pour laquelle tu es intéressé ?

Parce que Kit n'avait pas encore vraiment découvert si le dénommé Gérard Kline avait commis des crimes.

— Putain, évidemment que ça m'intéresse ! Ce connard a blessé ma mère et ma sœur !

Curieusement, la confirmation n'a pas soulagé Kit, déclenchant sa propre colère à la place.

— Tu en es sûr ? Ta sœur le confirmera ?

— Non, elle ne confirmera pas, parce que tu as

intérêt à ne pas lui avoir dit que Gérard n'était peut-être pas mort.

— Elle s'en doute sûrement.

Darian se retourna et frappa la chose la plus proche, qui se trouvait être un tronc d'arbre.

— Oui, elle s'en doute. Putain ! J'aurais dû poursuivre cet enfoiré pour m'assurer qu'il était mort.

Darian le regarda d'un air sombre, puis demanda :

— Où est-il ?

— J'ai bien peur de ne pas pouvoir te le dire, d'autant plus que je ne peux pas être sûr qu'il s'agisse du même homme.

— Poppy n'a pas pu l'identifier ?

Darian jeta un coup d'œil à la cabine.

— Je n'ai rien à montrer, car les images que j'ai trouvées ne sont pas de la meilleure qualité. Le suspect n'aime pas vraiment être pris en photo. Je crains qu'une approche plus directe soit nécessaire.

Darian secoua la tête lorsqu'il comprit où Kit voulait en venir.

— Non. Tu ne la feras pas approcher de ce monstre. N'a-t-elle pas déjà assez souffert ?

Il y avait du chagrin dans sa colère... et de la culpabilité de ne pas l'avoir protégée.

— D'autres pourraient encore souffrir.

— Alors, faites quelque chose à ce sujet.

— Ce n'est pas aussi simple.

Darian se pencha vers lui.

— Ça s'appelle une balle dans la tête. Si tu ne le

fais pas, dis-moi où se cache ce bâtard et je m'en charge.

— Comme tu l'as fait la dernière fois ? C'est toi qui as mis le feu, n'est-ce pas ?

— Il s'était barricadé dans la maison. C'était ma seule option.

— Et cela a échoué, parce que Gérard Kline semble s'être échappé.

— Tu crois que je ne suis pas au courant ? À l'époque, je pensais qu'il allait mourir. Je lui avais tiré dessus et mis le feu à la maison.

— Avec ta mère à l'intérieur ?

Le visage de Darian s'assombrit.

— Elle était déjà morte.

— Tu pensais aussi ça de Kline. Peut-être aurais-tu dû rester pour admirer le fruit de ton travail.

— Je ne le pouvais pas. Poppy avait besoin de moi.

— Tu n'as pas attendu pour t'assurer que le problème était réglé et c'est pourquoi je suis ici.

— Tu n'utiliseras pas ma sœur. Je ne le permettrai pas. Trouve quelqu'un d'autre.

— Il n'y a personne d'autre. Elle est la seule personne en vie à l'avoir vu et flairé. La seule qui pourrait être en mesure d'identifier notre suspect.

Cet argument n'arrangea pas les choses.

— Tu veux la mettre en danger, dit sèchement Darian.

— Je ne permettrai pas qu'elle soit blessée. Si elle accepte, je prévois d'être son ombre chaque seconde.

— Et si tu fais une erreur de calcul ? Et si c'était vraiment Gérard et qu'il la capturait et la cachait ?

— Il existe une technologie pour s'assurer que cela n'arrive pas.

Le dégoût fit se retrousser la lèvre de Darian.

— Tu veux la pucer.

— C'est la meilleure façon de s'assurer qu'elle n'est pas perdue.

— Elle ne se perdra pas parce qu'elle n'ira nulle part avec toi, dit fermement Darian.

— Ce n'est pas à toi qu'il revient de faire ce choix.

— Putain, que si, ça l'est. C'est ma petite sœur. Et je n'ai peut-être pas été à la hauteur la dernière fois, mais je ne la laisserai pas tomber cette fois-ci.

Kit n'en voulait pas à Darian de vouloir la protéger, et pourrait même continuer son enquête sans Poppy. Cependant, il ne pouvait pas s'en aller, car pensait comprendre Poppy mieux que Darian.

— Et ses cauchemars ? demanda-t-il, changeant le tour de la conversation.

— Comment sais-tu qu'elle en a ?

— Tu dois vraiment me le demander ?

Darian se frotta le visage.

— Bien sûr. Tu le sais parce que tu nous as espionnés.

— Tu ne veux pas lui donner une chance d'enfin dormir paisiblement ? D'arrêter de vivre dans la peur, en regardant toujours par-dessus son épaule ?

— Tue l'enfoiré qui a abusé d'elle, et peut-être qu'elle se sentira en sécurité.

— Ah bon ? Ou a-t-elle besoin de trouver la paix ? D'une façon de contre-attaquer ?

— Ce dont elle a besoin, c'est qu'on ne lui rappelle pas son calvaire.

— Selon toi. Tu devrais peut-être lui parler et voir ce qu'elle en dit, dit-il en jetant un coup d'œil à la fenêtre, où le rideau trembla.

Lorsque le regard de Darian se posa sur la fenêtre, Kit s'en alla, se fondant dans l'ombre, conscient que Poppy avait entendu chaque mot.

Malgré ce qu'il leur avait dit, à Darian et à elle, le choix final de l'aider ou non appartenait à Pénélope. Il ne la forcerait jamais. Il ne lui ferait jamais de mal.

D'une manière ou d'une autre, il la vengerait.

CHAPITRE QUATRE

Poppy s'éloigna de la fenêtre, sachant qu'elle avait été surprise en train d'écouter. Cela dit, les deux hommes n'avaient pas été discrets.

Elle avait tout entendu. Darian qui essayait de la protéger. Kit et son ton froid, mais qui, en même temps, avait fait valoir un argument de poids.

Est-ce qu'agir contre celui qui l'avait blessée soulagerait son anxiété ? Que pouvait-elle faire ? Elle avait été impuissante dans le passé. Rien n'avait changé depuis lors, à part le fait qu'elle se cachait de la vie.

Darian fit irruption à l'intérieur, son regard s'adoucissant à sa vue.

— Tout va bien ?

Tout le monde lui demandait toujours ça et prenait des pincettes avec elle. Comme si elle était fragile.

Brisée. Elle l'était, mais en même temps, elle avait envie de hurler pour qu'il arrête de la traiter comme si elle était faible. D'autres fois, elle voulait se cacher derrière les autres et les laisser être son bouclier. Était-ce ainsi qu'elle prévoyait de vivre le reste de sa vie ?

— Tu n'aurais pas dû être aussi grossier avec lui, l'avertit-elle. Il travaille pour le Lykosium.

— Au diable le conseil ! Où étaient-ils quand tu souffrais ?

— Ils n'étaient pas au courant, dit-elle d'un ton doux.

— Ils auraient dû.

Il leur en voulait, mais pas elle.

— Comment auraient-ils pu tout savoir alors que je n'ai jamais pu en parler à personne ? Ils ne sont pas omniscients. Et c'était de ma faute.

Elle aurait dû voir les signes qui indiquaient que Gérard n'était pas celui qu'il prétendait être.

— Ce n'était pas de ta faute, nia-t-il avec véhémence. Cet homme avec qui maman sortait était un grand malade. Un monstre !

— Je ne veux pas en parler.

Elle mit fin à la conversation parce qu'elle l'avait déjà eu trop souvent. Darian crierait et tempêterait avant de se reprocher de s'être enrôlé dans l'armée et de les avoir quittés. Elle pleurerait. Il se sentirait mal. Ensuite, ils prétendraient tous les deux que tout allait bien, ignorant le fait qu'elle n'allait pas mieux.

Bien que Darian voulait continuer à râler, il n'insista pas. Parce qu'elle était délicate.

Pouah. Kit n'avait pas agi comme si elle allait s'effondrer. Il voulait son aide. Si seulement il n'avait pas demandé la seule chose qu'elle ne pouvait pas faire.

Quand elle alla se coucher, sans surprise, le passé l'envahit.

L*A MAISON* devant laquelle ils s'étaient arrêtés était une maison de luxe. Pénélope, assise sur le siège passager de la voiture de sa mère, écarquilla les yeux.

— C'est ici que vit Gérard ?

Gérard était le nouveau petit ami de Maman.

Celle-ci hocha la tête.

— Tout cela en investissant l'argent des autres ?

Elle ne put empêcher une note d'incrédulité dans sa voix, car cela semblait tiré par les cheveux, même pour une jeune fille qui était maintenant en deuxième année d'université.

— Il est si intelligent.

Intelligent et observateur, trop pour un humain.

Lors de leur première rencontre, Gérard l'avait charmée et les avait gâtées toutes les deux avec de bons repas et des sorties. Pendant longtemps, elles se rendaient souvent chez lui. C'était une bonne époque. Une époque heureuse. Il avait alors semblé naturel que Maman emménage avec Gérard, avec une chambre réservée à l'usage personnel de Pénélope. Après tout, il y avait bien assez d'espace chez lui pour toutes les deux, y compris plus de cent hectares de forêt pour courir. Pour une garou qui fréquentait l'université de la ville et était stressée par ses cours, les fois où elle leur rendait visite étaient si relaxantes. Chaque fois qu'elle en avait l'occasion, Pénélope empilait ses vêtements dans le *creux d'un arbre et courait à quatre pattes pendant des heures.*

Cela avait duré six mois avant que tout ne change.

C'était arrivé pendant les vacances de printemps. Bien qu'elles n'aient pas parlé au téléphone depuis quelques semaines, Maman et elle s'envoyaient des SMS constamment. Quand Pénélope était arrivée ce jour-là, il lui sembla étrange que Maman ne soit pas là pour l'accueillir, seulement Gérard.

— Où est Maman ? demanda-t-elle pendant qu'elle traînait sa valise sur les marches et que le taxi s'éloignait.

— Elle se repose. Elle se sent mal, ces derniers temps.

— Oh non ! Pourquoi ne m'a-t-elle rien dit ? s'exclama-t-elle.

— Elle ne voulait pas que tu t'inquiètes. D'ailleurs, dans son état, c'est tout à fait normal.

— Son état ? répéta-t-elle, interrogative. Est-elle malade ?

— Oui. Surtout le matin, répondit un Gérard rayonnant. Nous allons avoir un bébé.

— Oh.

La surprise la frappa, d'autant plus que maman, la quarantaine avancée, avait toujours dit qu'elle ne voulait plus avoir d'enfant.

— Tu vas être grande sœur.

— C'est génial !

L'excitation n'était pas entièrement feinte. Elle adorait les bébés.

— *Quand pourrais-je la voir ?*

— *Bientôt. D'abord, je dois te montrer quelque chose. Quelque chose de spécial que j'ai fait juste pour toi.*

Il la conduisit au sous-sol, un endroit où elle n'était jamais allée : l'immense maison avait tout ce dont elle avait besoin. Elle s'attendait à une salle de jeux. Peut-être même à un bowling, une chose populaire auprès des gens riches.

Au lieu de cela, ils sont passés par une épaisse porte en bois dans un espace stérile avec des comptoirs en métal et du matériel médical. Avant qu'elle ne puisse se retourner et demander où ils étaient, une piqûre d'épingle dans son bras la fit perdre connaissance.

Elle se réveilla dans une cage. Une cage suffisamment grande pour qu'elle puisse se tenir debout et secouer les barreaux en hurlant d'une voix rauque.

Que s'était-il passé ? Pourquoi était-elle emprisonnée ?

C'est sa mère qui lui donna les réponses à ses questions. Elle apparut au sous-sol, les traits émaciés, contrairement à son ventre.

— *Maman ?*

Pénélope ne pouvait s'empêcher de trembler.

— *Oh, ma petite Poppy chérie ! J'aurais tant aimé que tu restes à l'écart,* dit-elle avant de fondre en larmes.

Pénélope agrippa les barreaux.

— *Maman, que se passe-t-il ?*

— *C'est de ma faute,* sanglota sa mère. *Il m'a dit qu'il te laisserait tranquille si je l'écoutais. Et je l'ai fait.*

La plupart du temps. Mais ensuite, j'ai découvert ce qu'il avait fait, et j'ai essayé de partir...

Sa mère ne pouvait pas parler à cause des pleurs.

Pénélope ne comprenait pas. Elle devait parler fermement, plus fermement qu'elle ne l'avait jamais fait avec sa mère.

— Que se passe-t-il ? Qu'est-ce que Gérard a fait ?

Sa mère ne put le lui dire ce jour-là, car il arriva et n'eut pas à dire un mot. Maman se précipita hors du sous-sol et Poppy découvrit bien trop tôt la dépravation dont Gérard était capable.

Cela dura des mois. Des mois où elle aurait voulu mourir plutôt que souffrir.

Ce fut Maman, qu'elle n'avait pas revue depuis ce premier jour de captivité, qui l'aida à s'évader.

Elle apparut au sous-sol, vêtue seulement d'une robe vaporeuse qui ne faisait rien pour cacher les ecchymoses sur son corps ou les taches de sang coulant sur ses jambes et sur ses mains. Une expression sauvage sur le visage, elle divaguait de manière incohérente.

— Vite, vite, avant que le chasseur ne revienne. Cours. Cours. Plus vite qu'un lapin.

Bien qu'elle semblât avoir perdu l'esprit, sa mère avait eu le réflexe de prendre les clés qui déverrouillaient la cage. En sortant, Pénélope lui prit les mains.

— Que se passe-t-il, Maman ? Où est Gérard ?

— Mort ? Pour l'instant ? Peut-être pas ?

Sa mère rit, un son aigu et insensé qui déchira Pénélope.

— *Tu l'as tué ?*

— *J'ai essayé. Tant de fois. Mais il ne meurt tout simplement pas,* gémit sa mère.

— *Allons-y.*

Que Gérard soit mort ou vivant importait moins que de prendre la fuite. Ensemble, elles sortirent du sous-sol, par la porte arrière, jusqu'à la lisière du bois.

Elles n'allèrent pas plus loin. Un coup de feu fendit l'air. Maman ne fit pas de bruit. Elle tomba à terre.

— *Maman !*

Pénélope hurla en voyant le sang avant de crier de nouveau lorsqu'une deuxième balle atteint sa jambe.

Alors qu'elle s'effondrait, elle se retourna à moitié pour voir Gérard, ses cheveux dressés en pointes, sa chemise blanche ensanglantée, son visage mauvais et déterminé. Le canon de son arme était pointé vers elle.

— *Tu vas quelque part ?* demanda-t-il avec un sourire narquois en se dirigeant vers elle.

Impossible de répondre alors que sa mère était peut-être morte à ses pieds. Les ecchymoses sur son corps, les battements de son cœur qu'elle sentait dans sa jambe à cause du trou en train de saigner n'avaient pas d'importance. La colère et la frustration prirent le dessus et elle se transforma. Avant qu'elle n'ait terminé sa transformation en loup, elle bondit, juste au moment où il tira à nouveau. La balle atteint son ventre, mais pas avant qu'elle ne percute Gérard et ne se mette à mordre et à déchirer.

Bien qu'il soit humain, il se battit, sortant un couteau et la frappant assez fort pour qu'elle s'éloigne de lui en glapissant. Gérard se releva, saignant et en colère.

Elle essaya de se lever, mais s'effondra. Il se tenait au-dessus d'elle.

— Tu pensais vraiment que tu pouvais t'enfuir ? Il n'y a nulle part où tu puisses te cacher. Comment penses-tu que je vous ai trouvées, vous et les autres perversions de la nature ?

Il leva le bras, et cela aurait été la fin s'il n'avait pas été distrait par une voiture qui arrivait. Elle vit son manque soudain d'attention comme sa chance de s'échapper. Poppy ferma ses oreilles aux coups de feu et ignora l'odeur de la fumée.

Sur trois pattes, elle se mit à courir à travers les bois jusqu'à ce qu'elle s'effondre. Elle se glissa alors sous un arbre tombé. Faible. Blessée. Prête à mourir.

C'est là que Darian l'avait trouvée.

Mais le cauchemar ne se termina pas ce jour-là.

Les médecins firent ce qu'ils pouvaient pour la soigner, ce qui leur donna le temps, à Darian et elle, d'accorder leurs violons sur ce qui s'était passé. Les flics avaient trouvé le corps de maman dans les restes brûlés de la maison de Gérard, mais lui ? Son corps n'avait jamais été retrouvé.

Elle pouvait encore l'entendre dire :

— Il n'y a nulle part où tu pourras te cacher.

. . .

Les cris la prirent à la gorge lorsqu'elle sortit du cauchemar. Emmêlée dans ses draps. Elle n'était que transpiration et tremblements.

Darian se précipita, ne portant qu'un boxer, les cheveux dans tous les sens et l'air agité.

— Je suis là, petite sœur.

Il ne l'avait jamais quittée depuis que c'était arrivé. Mais l'avoir près d'elle n'aidait pas.

Une seule chose le pourrait.

Son frère hurla à la lune quand elle déclara :

— Je vais aider l'exécuteur.

CHAPITRE CINQ

Kit l'entendit crier et voulut courir vers elle. Rester caché à l'extérieur lui faisait presque mal physiquement. Il finit par donner des coups de poing dans un arbre, jusqu'à ce que ses articulations soient meurtries et sa peau fendue. La douleur l'aida à se concentrer.

Il devrait partir. Maintenant. Ce soir.

À quoi avait-il pensé en l'impliquant ? Le frère avait raison, elle avait assez souffert. Kit avait lu les rapports de l'hôpital qui détaillaient non seulement les blessures qui l'y avaient amenée, mais aussi celles qui précédaient et avaient laissé leurs marques.

Des cicatrices sur son dos comme si elle avait été fouettée. Des marques de brûlure. Des marques de piqûres d'aiguille, qu'il parierait qu'elle ne s'était pas infligées, bien que les médecins aient supposé un abus de drogue.

Ajoutez à cela le coup de feu qui avait arraché son utérus et quelques dizaines de centimètres de son intestin, mais aussi entaillé sa colonne vertébrale. Il n'était pas étonnant qu'elle craignît d'affronter l'homme qui avait ruiné sa vie.

Kit avait-il trouvé le coupable ? Il ne pouvait pas en être sûr, pas sans qu'elle le confirme, car, même si les visages pouvaient changer, ce n'était le cas de l'odeur d'une personne, qui était unique.

Elle n'avait pas besoin d'être là en personne. Il pourrait lui amener quelque chose du suspect, un objet personnel, de préférence des vêtements qui auraient été portés. Il était prêt à parier que c'était sa faute si un cauchemar l'avait si durement touchée cette nuit-là.

Je suis désolé. Il l'était vraiment. Avant qu'il ne puisse faire un pas, la porte arrière de la cabine s'ouvrit et elle apparut.

— Kit.

Elle prononça son nom doucement, timidement.

Il faillit ne pas répondre.

— Si vous êtes encore là, quelque part, j'ai pris ma décision. Je vais vous aider.

Quoi ? Le courage qu'il lui avait fallu pour prononcer ces paroles tremblantes faillit le faire fuir.

Comment pouvait-il lui demander cela ? Il devrait partir maintenant.

Il s'avança à découvert, glissant d'ombre en ombre jusqu'à ce qu'il sache qu'elle pouvait le sentir.

— Tu n'as pas à faire ça. Je trouverai un autre moyen.

Il se retrouva soudain à essayer de la dissuader.

— Nous savons tous les deux que vous êtes venu

me voir parce qu'il n'y a pas d'autre option. Si je suis la seule survivante, alors moi seule peux l'identifier.

— Si c'est lui.

Il laissa infiltrer le doute dans son esprit.

Alors que Poppy allait sortir, son frère s'approcha d'elle. Elle repoussa sa main et se dirigea vers Kit.

— Qu'est-ce qui vous fait penser que c'est le cas ? La police pense qu'il est mort dans l'incendie de la maison et que son corps n'a simplement pas été retrouvé à cause de l'effondrement de la maison.

— Tu le crois mort ?

Elle se pinça les lèvres.

— Je sais qu'il ne l'est pas. Et si vous posez la question, c'est parce que vous avez trouvé un indice.

— Disons plutôt un schéma similaire à celui que votre meute a subi.

— Notre meute ? demanda-t-elle de sa voix chantante. C'est-à-dire ? Elle s'est dissoute après la mort de notre Alpha.

— Il a été abattu.

— Les flics ont déclaré qu'il s'agissait d'un accident de chasse.

— Peut-être, ou peut-être qu'il a été tué par quelqu'un qui ne voulait pas qu'il crée de problèmes quand des membres de la meute ont commencé à disparaître sans laisser de trace.

Darian se joint à la conversation avec une question.

— Attends, si des gens disparaissaient, pourquoi a-t-il fallu si longtemps pour que le Lykosium s'en mêle ?

— Eh bien, pour commencer nous ne l'avons pas su

tout de suite. Et une fois que nous l'avons remarqué, il ne nous restait plus personne à interroger.

— Jusqu'à ce que vous me trouviez.

Poppy l'avait déclaré d'une voix douce.

— Vous avez dit que ça arrivait à une autre meute ?

— Peut-être. Des gens disparaissent et ne refont pas surface ailleurs.

— Combien ? demanda Darian.

Kit haussa les épaules.

— Difficile d'avoir un chiffre exact puisque personne ne nous rappellera.

— Si tel est le cas, comment savez-vous que des gens disparaissent ?

Le front de Poppy se plissa.

— Parce que nous gardons une trace des garous lorsque cela est possible. La plupart nous gardent informés de leur sort, ce qui rend très étranges les disparitions soudaines de tant de personnes en si peu de temps.

— Ce n'est pas un accident ?

Kit secoua la tête.

— Non. Et les coupables nettoient mieux leurs traces, cette fois. Des foyers entiers ont été anéantis. Des maisons et des appartements ont été vidés. Des comptes bancaires ont été fermés. Des véhicules ont disparu. Les gens arrêtent de se présenter à leur travail et leurs téléphones sont déconnectés.

— Qu'est-ce qui te fait penser que c'est lié à l'enfoiré qui a blessé ma sœur ?

— Je ne sais pas si c'est le cas. Ce que je sais, c'est

qu'un homme du nom de Théodore Kline loue une maison à la même société que Gérard le faisait à l'époque où vous l'avez connu.

— Ça fait beaucoup de coïncidences, songea Poppy à haute voix.

— Bien trop.

— Je ne vois toujours pas pourquoi tu as besoin de Poppy. Si tu as besoin d'un expert, pourquoi ne pas te cacher et espionner ? C'est ce pour quoi tu es doué.

Le sarcasme de Darian correspondait au ton sec habituel de Kit.

— Je le ferais bien, mais Kline est bien gardé, même si c'est un quartier résidentiel. Il y a des clôtures électrifiées, des agents de sécurité, des caméras...

— Cela ressemble à un de tes problèmes, dit Darian avec un sourire narquois.

— Ce n'est plus le cas, maintenant que j'ai trouvé la clé pour entrer.

Kit esquiva à peine le poing de Darian. Ce qui lui coupa le souffle fut l'expression de Pénélope.

CHAPITRE SIX

Aux mots de Kit, Darian, comme on pouvait s'y attendre, perdit le contrôle.

— Ma sœur n'entrera pas dans une enceinte gardée sur une vague intuition qu'un mec super riche est en train de tuer des garous.

— Elle ne serait pas blessée.

— Oh, comment tu peux en être si sûr ? demanda Darian entre deux coups de poing. Tu dis toi-même que l'endroit est bien gardé.

— Il l'est pour quelqu'un qui essaie d'entrer discrètement. Mais s'il y a des preuves de crimes commis contre les garous, alors j'ai l'approbation du Lykosium pour m'en occuper.

— Vous voulez dire la permission du Lykosium de tuer, intervint Poppy.

Kit fit un bref hochement de tête, son visage portait un masque implacable, alors que toutes les émotions de

Darian transparaissaient sur son expression et dans le timbre de sa voix.

Sans surprise, tous les cris eurent pour résultat d'attirer d'autres membres de la meute, qui les rejoignirent. Rok, Bellamy, Lochlan et Hammer émergèrent de l'ombre.

Darian se retourna avec soulagement.

— Dieu merci, vous êtes là. Est-ce que vous arrivez à croire ce que ce connard essaie de faire à Poppy ?

— Kit ne lui fera rien qu'elle n'accepte pas, répondit Rok.

— Ah.

Darian offrit un sourire triomphant.

— Tu vois, espèce de connard roux ? Tu sais où tu peux te mettre ton plan.

— Ce n'est pas ta décision, lui rappela calmement Poppy.

Un silence de mort suivit.

— Euh, quoi ?

Darian cligna des yeux.

— J'en ai marre d'avoir peur. Je ne veux plus sursauter à la plus petite ombre. J'ai besoin que les cauchemars s'arrêtent. Si cet homme est Gérard, alors je veux que justice soit faite pour la mort de Maman. Pour ce qu'il nous a fait, à moi et aux autres.

Elle leva la tête pour regarder Kit.

— Quand Gérard mourra, je veux qu'il sache que je suis responsable, qu'il m'a peut-être brisée, mais que finalement j'ai gagné.

— Ce n'est peut-être pas lui, l'avertit Kit.

— Non, mais vous semblez à peu près sûr qu'il est impliqué dans tout ce qui arrive aux garous.

Il hésita avant de hocher la tête.

— Quelle que soit cette personne, elle doit être arrêtée.

— Il n'est pas nécessaire que ce soit par toi, déclara Darian.

— Non, ce n'est pas nécessaire, mais je veux aider.

Elle leva le menton.

— J'aimerais que tu viennes avec moi.

Elle n'avait pas demandé à Kit s'il était d'accord, mais vit sa mâchoire se serrer lorsque Darian répondit :

— Putain, évidemment que je viens.

Sans surprise, les autres se portèrent également volontaires, ce qui l'obligea à secouer la tête.

— Bellamy, tu sais que tu ne peux pas, pas avec Astra sur le point d'avoir le bébé. Et Rok, tu es un jeune marié et l'Alpha. Tu ne peux pas aller te balader pour enquêter sur quelque chose qui ne te concerne pas.

— *Tu* me concernes, fut la réponse emphatique de Rok.

— Et j'apprécie cette réponse, mais c'est une chose que je dois faire sans ton aide.

Elle finit par accepter de laisser Lochlan et Hammer les rejoindre, principalement parce qu'elle prenait un plaisir pervers à voir Kit lever les yeux au ciel et soupirer encore quelques fois.

Il était peut-être sûr et certain de pouvoir assurer sa sécurité, mais elle ne le connaissait pas, peu importe si ses hormones lui soufflaient qu'il était son compagnon. Elle ne savait pas si elle pouvait lui faire confiance, mais Darian, Lochlan et Hammer ? Elle savait qu'ils traverseraient l'Enfer même pour la sauver, et elle avait besoin d'être rassurée, car si c'était vraiment Gérard, alors elle ferait face à sa plus grande peur.

Et si elle n'était pas assez forte ? Et si... Et si elle se retrouvait dans cette cage ?

Comme s'il avait lu dans ses pensées, Darian se pencha vers elle :

— Je ne laisserai personne te faire du mal.

Bizarrement, cependant, ce furent les mots aboyés par Kit qui renforcèrent sa détermination :

— Putain, arrêtez de faire comme si elle allait à la potence ! Elle est plus forte que ce que vous pensez tous.

Il la *croyait* forte. Elle voulait redevenir la fille qui n'avait peur de rien au monde, à part des examens de fin d'année.

— J'y vais, et c'est définitif.

Pendant qu'ils se disputaient tous, elle se dirigea vers la maison principale. S'ils partaient en voyage, elle devait emballer de la nourriture.

Et peut-être quelque chose de sexy, parce que pour la première fois depuis longtemps, Poppy ressentait quelque chose.

Elle se sentait vivante.

CHAPITRE SEPT

En dépit de la déclaration de Kit, il se détestait de lui avoir demandé de venir avec lui, parce que maintenant qu'elle avait dit oui, ils passeraient plus de temps ensemble.

À proximité.

Avec son frère et deux hommes qui agissaient comme des frères.

Putain.

Avec leur projet de partir à l'aube, Kit eut suffisamment de temps pour récupérer son quatre-quatre là où il l'avait caché et appeler Luna.

— Comment ça se passe ? demanda-t-elle.

Elle décrochait toujours, peu importait l'heure. Parfois, il se demandait s'il arrivait à Luna de dormir. Il avait été arrêté à seize ans pour tapage nocturne, sans parler de consommation d'alcool par un mineur, et elle s'était montrée calme, pas un cheveu déplacé. Quand elle l'avait conduit hors de la station de police, elle n'avait rien dit. Elle n'avait jamais levé la main sur lui, lui avait juste jeté un coup d'œil. La pire chose qui soit.

Il savait qu'il ne fallait pas lui mentir. Il le fit quand même.

— Tout se passe bien.

— On ne dirait pas, à ta voix.

Luna savait toujours ce qu'il ressentait vraiment.

— Il n'y a rien qui n'aille pas, je t'assure. C'est juste que je dois faire quelque chose de désagréable.

— S'accoupler est une chose naturelle.

— Quoi ? Non ! Ce n'est pas ça du tout.

Pourquoi pensait-elle à cela ? Et pourquoi Poppy lui était-elle venue à l'esprit ? Il grimaça.

— Si tu veux savoir, je vais bientôt embarquer pour un voyage avec quelques membres de la nouvelle Meute sauvage.

— Dans le cadre de l'enquête sur cette piste que tu suis ?

— Ouais. L'une des membres de la meute est peut-être capable d'identifier le suspect.

— Je suppose que tu parles de Poppy Smith, anciennement connue sous le nom de Pénélope Jameson.

— Elle est le seul témoin, expliqua-t-il.

— C'est la seule raison pour laquelle tu l'amènes avec toi ?

Plutôt que de mentir, il assura :

— Elle ne sera pas seule. Son frère et deux autres membres nous accompagnent.

Rien que le dire à voix haute le mettait de mauvaise humeur.

Un éclat de rire retentit dans son téléphone.

— C'est pas si drôle que ça, grommela-t-il.

— Ça l'est quand on sait combien tu apprécies la compagnie d'autres personnes, le taquina-t-elle.

— Je ne déteste pas tout le monde.

Même s'il s'en approchait parfois.

— Bien sûr que non. Je suis fière que tu aies demandé de l'aide. Tu apprends enfin à avoir l'esprit d'équipe.

— Ce n'est pas la première fois, protesta-t-il.

Après tout, il avait tout juste demandé à un autre membre de la Meute sauvage de l'aider à arrêter les agissements d'un Alpha et de son fils.

— Ça t'a pris longtemps, mais tu apprends enfin à faire confiance et peut-être même à te caser.

Quelle horreur !

— Ce n'est pas le cas.

— Si tu le dis.

— Je ne sais pas pourquoi je t'appelle, grommela-t-il.

— Si tu ne le fais pas, je m'inquiéterais. Et si je m'inquiète, je viendrais te chercher.

— Mais tu ne me trouverais pas. Je sais comment me cacher.

Les taquineries familières le détendaient.

— Et qui te l'a appris ?

À son tour de rire.

— Je suppose que tu as été occupée pendant que je

suis loin à m'occuper de la nouvelle génération ?

— Qui, moi ? demanda-t-elle d'une manière peu innocente.

Il atteint son quatre-quatre qu'il avait caché, et y monta.

— Je te rappellerai quand on aura atteint notre destination.

La voix de Luna se fit sérieuse :

— Fais attention, Kit.

— N'est-ce pas toujours ce que je fais ?

— Cette fois, c'est différent. Quelque chose se trame. Une perturbation dans le monde.

— Tu as encore regardé *Star Wars*, c'est ça ?

— Les films Marvel, à dire vrai. Des scénarios géniaux, dommage qu'ils n'aient pas utilisé plus de loups.

Il grogna.

— Nomme un film qui ne serait pas mieux avec des loups.

— Les Mitchell contre les machines.

— Ne t'avise pas de finir ta phrase.

— Chien. Cochon. Chien. Cochon.

— Pain de mie, grogna-t-il.

Elle rit.

— Et maintenant, tu vas l'avoir dans la tête.

Ce qui aurait été le cas s'il n'avait pas été au ranch et vu Poppy qui attendait sur le proche.

Tout ce qu'il arriva à penser fut *Femme. Mienne. Femme. Mienne. Compagne.*

Putain.

CHAPITRE HUIT

Une fois Kit parti, Poppy se demanda s'il reviendrait vraiment. Il avait été loin d'être impressionné par les additions à leur groupe.

Pourtant, il était revenu, au volant d'un quatre-quatre sans signe distinctif aux vitres teintées et où se trouvait à peine assez de place pour trois hommes et une femme. Kit ne dit mot. Rien lorsqu'ils chargèrent des sacs à dos et une grande glacière à l'arrière. Rien lorsqu'ils se disputèrent pour savoir quel sac devrait être laissé pour que la seconde glacière que Poppy avait préparée puisse rentrer.

Kit fronça les sourcils pendant que toute la meute vint leur dire au revoir, serrant Poppy dans leurs bras, un à la fois, avec des mots d'encouragement et des menaces de mutilation si elle était blessée, les pires étant celles de Nova :

— Si quelqu'un touche à un seul de tes cheveux, je couperai sa queue et la lui ferai manger.

Poppy pleura presque.

Rok la serra dans ses bras en dernier, la soulevant du sol et grognant :

— Fais attention.

Sa réponse ?

— J'ai caché des brownies dans le congélateur, sous les lasagnes.

Ses yeux s'écarquillèrent et il sourit. C'était vraiment un bel homme. Il fut un temps où elle s'était entichée de Rok, sa gentillesse bourrue faisant beaucoup pour l'apaiser, mais maintenant qu'elle avait rencontré Kit, le premier homme à avoir réellement éveillé son intérêt depuis son calvaire, elle savait pourquoi elle n'aurait jamais tenté quoi que ce soit avec Rok. Elle voulait cette étincelle. Cette perte de souffle. Cette envie de lui pincer les fesses et de voir ce qu'il ferait. Kit était-il chatouilleux ? Elle avait comme une envie de le découvrir.

Ils s'entassèrent dans le véhicule, Kit silencieux au volant, si différent des trois hommes à l'arrière. Ils avaient tous insisté pour qu'elle prenne le siège avant. Elle n'allait pas discuter. Elle détestait se faire écraser au milieu. Cette fois, ce fut Hammer qui en eut la joie, ses épaules épaisses heurtant Lochlan d'un côté et Darian de l'autre.

Elle s'attacha et la voiture démarra. Un coup d'œil montra à Poppy la mâchoire serrée de Kit, son regard se tournant souvent vers le rétroviseur et les idiots qui se lançaient des vannes. Leurs querelles familières atténuèrent une partie de l'anxiété de la jeune femme.

Elle aurait vraiment dû dire à l'un d'entre eux de rester à la maison, mais ils avaient insisté, et comment aurait-elle pu choisir sans blesser quelqu'un ?

Les yeux de Kit rencontrèrent les siens, le blâme dans son regard clair.

Quel exécuteur grincheux ! Il avait besoin d'apprendre à se détendre. Lorsque Hammer dit à Lochlan de faire quelque chose d'anatomiquement impossible, Poppy haussa les épaules et sourit.

Le pauvre exécuteur roux soupira. Ce qui lui donna envie de compter combien de fois il avait soupiré. Trois avant même qu'ils fassent leur premier arrêt de ravitaillement.

Kit n'avait pas encore donné de destination réelle, se contentant de dire que cela prendrait environ vingt-sept heures de route, donc une virée en voiture de deux jours, si tout se passait bien.

Le premier jour se termina dans un motel bien après la tombée de la nuit, seulement leur troisième arrêt de la journée depuis qu'ils étaient partis à l'aube. Ses fesses étaient loin d'être ravies. Quant à Kit, il devait être fatigué, vu qu'il avait refusé de laisser quelqu'un d'autre conduire.

Ils louèrent trois chambres les unes à côté des autres, avec une place de parking devant. Il y avait un trottoir en béton, des portes peintes en orange et des fenêtres couvertes de stores vénitiens jaunis. Elle et Darian reçurent la chambre du milieu avec deux lits. Hammer et Lochlan durent en partager une, tandis que Kit prit une chambre pour lui tout seul. Personne ne proposa de partager avec lui.

Il convient de noter qu'elle aurait pu si on lui avait demandé.

Elle appréciait sa présence calme et régulière. Étrangement, cela l'apaisait. Contrairement à la meute, il ne la traitait pas comme si elle était en verre. Ce que, bien sûr, son frère n'aimait pas.

— Il n'est pas poli avec toi, se plaignit Darian.

— Parce qu'il ne se précipite pas pour porter des trucs pour moi ?

— Ça s'appelle les bonnes manières, insista Darian.

— Cela s'appelle être conscient que je suis capable de le faire et attendre qu'on le lui demande. C'est en fait très respectueux.

Darian lui lança un regard.

— Tu le défends ?

— Je dis juste que c'est agréable d'être entourée de quelqu'un qui n'agit pas comme si j'étais une idiote faible qui allait s'effondrer au premier signe d'adversité.

Les mots jaillirent d'elle à la hâte, et elle cligna des yeux. Depuis quand n'avait-elle pas besoin de son frère pour la protéger de tous les chocs ?

La dernière fois, c'était… avant que Gérard ne la mette en cage. Quand elle n'avait peur de rien et ne demandait jamais d'aide à moins d'en avoir vraiment besoin.

— Je sais que tu n'es pas faible, protesta Darian.

— Pourtant, tu agis comme si c'était le cas, répondit-elle doucement.

Elle eut immédiatement des remords.

— Ignore-moi, je suis fatiguée et j'ai mal partout. Je vais prendre une douche avant de me coucher.

Une excuse pratique pour partir avant qu'elle ne dise quelque chose qui aurait vraiment blessé Darian. S'il la traitait comme si elle était de la porcelaine, c'était parce qu'elle l'y avait autorisé. Elle aurait pu dire quelque chose au lieu de s'appuyer sur lui autant qu'elle l'avait fait.

Le fait qu'elle n'ait pas refusé lorsqu'il avait insisté pour venir n'aidait en rien. Ce voyage avait pour but d'affronter son passé et ses peurs. Un passé qui la terrifiait, car elle ne voulait plus jamais le revivre.

Elle sortit de la salle de bains pour trouver la porte attenante à la chambre de Lochlan et Hammer légèrement entrouverte et la voix de Darian passer par la fente. Il était parti, lui laissant de l'espace.

À son tour de soupirer. Qu'est-ce qu'elle faisait à Darian ? Elle l'empêchait de vivre pleinement sa vie et de rencontrer quelqu'un, car il jouait le rôle de son gardien.

Il était temps que cela change. Avec cette pensée, elle alla se coucher.

L'impact de son cauchemar fut particulièrement fort.

Gérard s'approcha de la cage avec ce sourire sadique qu'elle en était venue à détester. Il n'avait pas d'aiguille cette fois, mais la tige de métal dans sa main n'augurait rien de bon.

— *Tes pouvoirs de guérison sont impressionnants.*

Il lui parla de ses expériences sur elle, de comment il lui avait intentionnellement fait du mal, puis continua avec la rapidité avec laquelle elle avait guéri.

— *Dommage pour les cicatrices.*

Des entailles dans son dos. Des brûlures de cigarettes. Bien que son corps soigne les dommages qu'on lui causait plus rapidement celui d'un humain, il ne pouvait pas toujours se débarrasser de toutes les marques.

— *Où est ma mère ?*

Pénélope ne l'avait pas vue depuis sa capture.

— *Elle gémit au lit. Elle a perdu le bébé*, dit-il avec une grimace. *J'aurais dû savoir qu'il ne fallait pas utiliser quelqu'un de son âge. Ma faute. Elle semblait si saine. Mais j'ai de grands espoirs pour toi.*

La peur la frappa.

— *Je ne te laisserai pas me violer.*

— *Te violer ?* ricana-t-il. *Tu es un peu jeune à mon goût. Et puis, je préfère mes putains consentantes et dociles.*

Sa vision des femmes la dégoûtait. Comment sa mère et elle n'avaient-elles pas vu à travers ses faux sourires ?

— *Pourquoi fais-tu ça ?*

— *Parce que je le peux. Et la meilleure partie, c'est que ton espèce ne peut même pas se plaindre, car le* monde pourrait découvrir votre existence. Et ensuite que se passerait-il ?

— Ça ne peut pas être pire que ce que tu fais.

Il la torturait par intermittence depuis un moment. Elle avait perdu toute notion du temps. Cela faisait-il des semaines, des mois, des années ? Elle n'en avait aucune idée. Elle savait seulement que cela avait duré assez longtemps pour qu'elle ait perdu tout espoir d'être secourue.

— Je me contente de perpétuer une tradition familiale.

— De torture ?

— Disons plutôt de curiosité scientifique.

— Tu es malade, aboya Pénélope.

— Plus maintenant. Ton espèce a été bonne pour au moins une chose.

Il avait atteint les barreaux avec sa barre.

— Maintenant, voyons à quoi d'autre tu es bonne.

Zap.

Elle reçut un coup de jus et ses dents claquèrent assez fort pour qu'elle se morde la langue et ait le goût du sang dans sa bouche. Ses cris et ses gémissements n'empêchèrent pas Gérard de l'électrocuter. Même après qu'elle eut heurté le sol de sa cage et perdu le contrôle de sa vessie, il continua à la piquer jusqu'à ce qu'elle s'évanouisse. Quand elle s'est réveillée, elle avait de nouvelles marques de brûlures qu'il pourrait observer et moins de cheveux sur la tête.

La prochaine fois qu'il vint vers elle avec le Taser,

elle gémit. Elle essaya de retenir ses cris, mais il ne s'arrêta que...

Ses cris réveillèrent Darian, qui la réveilla avant de l'étreindre en la berçant.

— Tout va bien, Poppy. Tu es en sécurité.

Pour une fois, elle ne voulait pas de son confort. Elle se dégagea de ses bras.

— J'ai besoin d'air.

Bien que Darian allait la suivre, elle secoua la tête.

— Je veux être seule, s'il te plaît.

Elle se dirigea vers le parking du motel et leva les yeux vers le ciel, qui commençait à s'éclaircir avec l'aube. Elle sentit plus Kit approcher qu'elle ne l'entendit.

— Désolé de vous avoir réveillé, marmonna-t-elle.

Kit se tenait à côté d'elle, les mains enfoncées dans ses poches.

— J'avais l'habitude de dire la même chose quand je réveillais Luna.

— Luna étant... ?

— Ma mère d'adoption. Elle m'a sauvé d'une situation abusive quand j'étais jeune.

Il n'ajouta rien de plus.

Elle n'était pas sur le point d'insister, mais demanda quand même :

— Quand est-ce que vos cauchemars se sont arrêtés ?

— Qui dit qu'ils l'ont fait ?

— Vous parlez d'un encouragement.

— Tu préfères que je te mente ?

Elle croisa les bras et lui lança un regard noir.

— Est-ce que cette mission me permettra vraiment de tourner la page, ou est-ce que c'était aussi un mensonge ?

— Tourner la page n'est pas la même chose qu'oublier. Si cela peut te consoler, l'intensité et la fréquence diminueront avec le temps.

Ses lèvres se tordirent.

— Combien de temps ? Parce que ça fait des années.

— Pour moi, ça fait plus de trente ans, et il y a encore des moments où je me réveille convaincu que je vais mourir. Ou je vais entrer dans un ascenseur et me sentir confiné, comme si j'étais de retour dans une cage.

Ses lèvres s'entrouvrirent.

— Vous avez aussi été enfermé dans une cage ?

— Il y a beaucoup de Gérard dans ce monde.

Elle se détourna de lui et regarda vers le ciel.

— Un homme qui est peut-être encore en vie. Cela vous a-t-il aidé lorsque vous avez tué la personne qui vous a blessé ?

— Ce n'est pas moi qui l'ai fait. Rappelle-toi, je n'étais qu'un enfant. Mais la personne qui m'a sauvé s'est assurée qu'il ne blesserait plus jamais personne d'autre.

— Je suis désolé.

Il parut surpris.

— Pourquoi ?

— Parce que blesser les gens est mal. Surtout un enfant.

La remarque amena un sourire étrange à ses lèvres.

— Bien que je sois d'accord concernant les enfants, je ne suis pas sûr à propos du reste. Parfois, blesser les gens est le seul moyen de résoudre un problème.

Elle plissa le nez.

— J'oubliais pendant une seconde que vous êtes un exécuteur. Je suppose que la violence fait partie du travail.

Pour une raison quelconque, il semblait agacé.

— Pas par choix. Mais garde à l'esprit que lorsque je suis appelé au devoir, c'est parce que quelqu'un en position de pouvoir l'utilise contre ceux qui ne peuvent pas se défendre.

— Et vous allez les sauver tel un chevalier en armure ?

Ses paroles contenaient une pointe de sarcasme.

Kit éclata de rire.

— Je ne suis pas du genre héros. Je me cache dans l'ombre et gère tranquillement les situations problématiques.

— Est-ce que vous aimez votre travail ?

— Non. Mais quelqu'un doit le faire, et qui de mieux qu'un paria ?

Elle le regarda, un homme plus grand qu'elle, avec une carrure mince et athlétique. Malgré l'heure matinale, il portait un polo et un pantalon, et des mocassins enfilés sans chaussettes. Dans l'ombre, elle ne pouvait pas vraiment dire qu'il avait les cheveux roux, mais on ne pouvait nier leur éclat pendant la journée. Il n'y avait pas non plus d'échappatoire à son odeur. Celle-ci l'entourait à présent, réconfortante et en même temps dérangeante, parce qu'elle n'avait aucun sens. Renard. Loup. Et parfois, rien du tout.

— Qu'est-ce que vous êtes ? demanda Poppy.

— On m'a parfois dit que j'étais une abomination.

— Plutôt un miracle. Vous êtes à la fois renard et loup. Je pensais que c'était impossible.

Elle avait entendu dire quelque chose à propos du fait que la génétique entre les deux espèces était incompatible.

Encore une fois, il lui offrit un sourire ironique.

— Personne ne sait comment j'ai vu le jour. Je suis le seul de mon espèce.

— Jusqu'à ce que vous ayez des enfants.

Son expression devint froide.

— Je n'aurai jamais d'enfants.

— Vous ne les aimez pas ?

— Au contraire, ce sont les seules bonnes choses de ce monde. C'est plus une question d'incapacité, ce qui est probablement une bonne chose.

— Je ne dirais pas ça.

— Parce que tu ne me connais pas. Une déclaration faite d'un ton monocorde.

Il avait raison, et pourtant, elle ressentait une affinité pour cet homme qui était peut-être aussi brisé qu'elle.

— Je ne peux pas avoir d'enfants non plus.

— Je sais.

Son aveu la fit sursauter.

— Comment ?

— Tes dossiers d'hôpital n'étaient pas difficiles à pirater.

Il aurait dû lui venir à l'esprit que puisqu'il l'avait liée à Gérard, il avait dû creuser dans son passé. Le rappel de ce qu'elle avait perdu laissa un goût amer dans sa bouche.

— Je rêvais d'avoir une grande famille. J'avais planifié ma vie. Une école culinaire puis un travail de sous-chef et acquérir assez d'expérience pour ouvrir un jour mon propre restaurant, que je laisserai à mes enfants quand je prendrai ma retraite.

— Qui a dit que tu ne pouvais pas encore avoir tout ça ?

— Mon manque d'utérus. Le fait que je n'ai jamais terminé mes cours.

— Un enfant n'a pas besoin d'être né de ta chair pour faire partie d'une famille. Les facs prennent toujours des étudiants. Et tu es déjà un excellent chef, d'après ce que j'entends. Ce qui te retient, c'est la peur.

Une analyse intelligente, même si cela lui faisait mal qu'il ait vu si facilement ses excuses.

— Chaque jour depuis mon évasion, j'attends que Gérard me retrouve. Pour terminer ce qu'il a commencé.

— Tu veux mourir ?

À cette étrange question, elle rit.

— Non.

— Alors arrête de le laisser vivre gratuitement dans ta tête et commence à vivre.

— C'est ce que je veux faire.

— Alors fais-le.

— Ce n'est pas aussi simple.

— Je sais que ce n'est pas simple. La vie est dure. Plus dure pour certains que pour d'autres. Mais tu n'es pas lâche.

— Ah bon ?

Elle s'était pourtant cachée du monde.

— Certaines personnes se tueraient plutôt que de continuer à vivre après un traumatisme.

— Il y a des jours où je pense encore à le faire.

Un aveu difficile, et qu'elle n'avait jamais fait à personne d'autre.

— Lorsque ces moments se produisent, rappelle-toi que tu n'es pas seule.

Sur ces mots, il attrapa sa main et la serra.

Et il continua à la tenir alors que l'aube pointait à l'horizon.

Pour la première fois depuis longtemps, elle n'avait pas peur.

CHAPITRE NEUF

Ringard. Il n'était qu'un putain d'idiot ringard. Kit se réprimanda à voix haute pendant qu'il prenait une douche et se préparait pour leur départ.

C'était sa faute. Il avait su qu'elle souffrait avant même qu'elle ne se réveille en hurlant. Bien qu'il ait fait de son mieux pour l'ignorer, il avait réussi à développer une étrange affinité avec elle. Il savait où elle se trouvait à peu près à tout moment. Il pouvait sentir ses humeurs.

Lorsqu'il avait entendu la porte de la pièce à côté de la sienne s'ouvrir, il avait regardé depuis la fenêtre. Il ne supportait pas de la voir seule dehors. De la voir s'enlacer elle-même pour se rassurer. Triste. Effrayée.

La conversation entre eux avait révélé plus que ce qu'il avait voulu, mais il avait été incapable de s'en empêcher. Poppy avait besoin de savoir qu'elle n'était pas seule. Qu'il y avait des gens qui la comprenaient.

Ça n'expliquait pas pourquoi il avait tenu sa putain de main en regardant le putain de lever de soleil.

Pire, il ne s'était jamais senti aussi content.

— Dis à ton frère et à tes amis que nous partons dans trente minutes.

Ce qui s'était transformé en une bonne heure, car le groupe avait insisté pour prendre un petit-déjeuner copieux. Apparemment, un milkshake protéiné n'était pas un repas. La nourriture grasse qu'ils insistèrent pour avaler au petit restaurant de l'hôtel ne l'était pas non plus.

Un autre jour en Enfer avait suivi, durant lequel la seule chose positive était Poppy sur le siège avant à côté de lui, qui adressait quelques sourires timides dans sa direction et levait les yeux au ciel lorsque les hommes à l'arrière ont commencé à se plaindre en demandant qui avait pété.

C'était Hammer. Probablement à cause de ce foutu petit-déjeuner.

Cependant, lorsque son quatre-quatre tomba en panne, Kit leur en voulut à tous. Il fixa le moteur fumant du véhicule, garé sur le bord de l'autoroute, le capot ouvert. Il l'avait payé comptant et avait placé de fausses plaques d'immatriculation dessus. Il n'avait que quelques années, il n'aurait pas dû avoir de problème.

Tous regardaient le moteur comme s'ils avaient une idée de ce qu'il fallait faire ou les bons outils. Ce qui n'était pas le cas. Ils ne pouvaient pas non plus obtenir de signal dans cet endroit abandonné. Kit déplora le manque de réseau sur son téléphone et souhaita avoir plus insisté pour acheter un téléphone satellite approprié, mais ceux-ci étaient chers et plus traçables qu'un téléphone jetable acheté avec de l'argent liquide dans un magasin.

Comme il y avait peu d'options, Lochlan et Hammer commencèrent à marcher pour trouver de l'aide, laissant Kit seul avec Poppy et son frère.

Kit aurait préféré être n'importe où ailleurs, car Darian lui lançait des regards noirs. Beaucoup de regards noirs. La raison pour cela devint claire lorsque Poppy partit chercher peu d'intimité dans les bois.

Darian peine attendit qu'elle soit hors de portée de voix avant de menacer :

— Reste loin de ma sœur.

— Un peu difficile, vu le peu de place dans la voiture pour la distanciation sociale.

— J'ai vu la façon dont tu la regardes. Elle n'est pas pour les gens comme toi.

En réalité, Kit était d'accord avec lui. Cependant, il avait envie d'être désagréable, et déclara :

— Ce n'est pas à toi d'en décider.

— Bien sûr que si. C'est ma petite sœur.

— C'est une femme adulte étouffée par une famille bien intentionnée.

Les mots furent plus durs qu'il ne l'avait voulu, et Darian prit une inspiration.

— Je ne l'étouffe pas, espèce de bâtard. Cela s'appelle prendre soin d'elle.

— Si tu voulais prendre soin d'elle, tu aurais fait

quelque chose à propos de ses cauchemars il y a longtemps.

— Elle refuse de voir un psy. Et même si elle le faisait, ce n'est pas comme si elle pouvait dire à quelqu'un ce qui s'est réellement passé.

— Alors à la place, tu la laisses s'enliser dans sa peur.

— Contrairement à quoi ? Que pouvais-je faire d'autre ? J'ai essayé de tuer le bâtard. J'ai pensé que lorsqu'il est entré dans la maison et qu'il n'en est pas ressorti, il avait brûlé avec.

— As-tu essayé de le savoir avec certitude ?

— Non, répondit-il d'une voix boudeuse. Je devais m'occuper de Poppy.

— En parlant de ça, vous auriez pu installer des caméras de sécurité pour sa tranquillité d'esprit. Je n'arrive pas à croire à quel point c'était facile d'espionner votre meute.

— J'ai dit à Rok qu'on devrait le faire, grommela Darian.

— Tu aurais pu l'inscrire à des cours d'autodéfense.

— Poppy n'est pas du genre à se battre.

— Ce sont des conneries, ça. Elle se bat tous les jours pour sortir du lit et ne pas laisser la peur l'emporter. Comment ne vous est-il pas venu à l'esprit que savoir comment se protéger pourrait l'aider ?

Kit pouvait voir l'expression de Darian changer, mais il continua à marteler :

— Tu aurais pu faire des choses pour lui montrer qu'elle peut encore avoir la vie qu'elle voulait. L'inscrire à des cours de cuisine. L'emmener dans une ville pour pouvoir travailler comme cuisinière.

— Elle cuisine pour nous au ranch ! se défendit vivement Darian.

— Ce n'est pas pareil, et tu le sais.

— Qu'est-ce qui fait de toi le putain d'expert ? craqua Darian.

— Mon travail consiste à gérer les séquelles de ceux qui sont maltraités.

— Ce qui signifie que tu tues l'agresseur.

— Si le crime le mérite, alors oui. Mais c'est aussi moi qui veille à ce que les victimes soient prises en charge.

— Oh, vraiment ? Où étais-tu quand ma sœur a été torturée ? Quand cet enfoiré l'a gardée dans une cage et l'a utilisée comme sac de boxe ? Quand il l'a fouettée ? Et l'a brûlée ?

Chaque accusation frappait durement Kit, mais en même temps, il savait qu'il ne fallait pas accepter le blâme.

— À l'époque, j'étais en France pour chasser un garou qui était devenu sauvage. Je n'étais pas au courant du problème. Toi, tu aurais dû l'être. Ou est-ce que tu vas me dire que tu n'avais pas remarqué le fait que ta mère et ta sœur ont cessé de communiquer avec toi ?

— J'étais en mission à l'étranger. Je ne l'ai jamais su jusqu'à ce que je retourne à la base et que je reçoive un message brouillé de ma mère.

Darian passa une main sur son visage.

— J'ai demandé un congé, et il m'a été accordé, mais le temps que j'arrive, il était trop tard.

— Et pourtant, tu t'attends à ce que le Lykosium soit conscient du problème comme par magie ? répondit doucement Kit. Nous faisons de notre mieux, mais nous ne sommes pas omniscients.

Darian soupira et s'appuya contre la voiture en panne.

— Je sais, mais c'est plus facile de rejeter le blâme sur vous tous.

— Et si on blâmait plutôt le vrai méchant de l'histoire ?

Darian fit une grimace.

— À ce jour, je ne sais toujours pas comment Gérard a su pour nous. Poppy jure qu'elle ne l'a jamais vu quand elle s'est transformée. Et maman sortait rarement comme un loup.

Au tour de Kit de hausser ses épaules.

— Aucune idée, mais si ce type sur lequel nous enquêtons s'avère être ce connard, nous le saurons peut-être.

— Et ensuite nous le tuerons.

— Nous le mettrons en garde à vue, corrigea Kit.

Darian poussa le véhicule.

— Attends, tu vas l'arrêter vivant ?

— Seulement pour qu'il puisse être interrogé. Nous devons savoir si notre secret a été compromis. Et si oui, nous devons savoir dans quelle mesure il l'a été afin de pouvoir limiter les dégâts.

Au regard de Darian vers les bois, Kit ajouta :

— Je promets qu'une fois que nous aurons tout ce dont nous avons besoin, il mourra. Lentement et douloureusement.

À cela, Darian hocha la tête.

— Bien. Mais rends-moi un service. Ne le dis pas à Poppy.

— Dire quoi à Poppy ? questionna-t-elle en sortant d'un buisson. Je ne suis pas un enfant, Darian. Et j'ai tout entendu.

Tandis que son frère rougissait, Kit restait impassible.

Jusqu'à ce qu'elle le regarde et dise :

— Et si je veux poser des questions à Gérard ?

— Nous ne savons pas que c'est lui.

Elle leva les yeux au ciel.

— Je sais. Je parle du cas où ça serait lui.

— Alors tu auras ta chance.

Parce qu'elle méritait une opportunité de tourner la page.

— Et si je veux être celle qui mettra fin à ses jours ?

Certains diraient non, pour éviter d'autres traumatismes. En tant que victime lui-même, cependant, Kit souhaitait parfois que Luna ait laissé ses agresseurs en vie afin de pouvoir être celui qui les auraient tués.

Il pinça les lèvres.

— Si tu décides de le blesser ou le tuer, alors je te prêterai l'arme que tu voudras.

— Comme si j'en avais besoin.

— Poppy !

Les frères et sœurs commencèrent à se chamailler,

et Kit s'éloigna, troublé par le fait que Darian pensait qu'il était intéressé par Poppy. Il avait tellement essayé de l'éviter, puis il lui avait parlé, y compris de son passé, lui avait tenu la main.

Pouah. Il devrait garder ses distances.

Le quatre-quatre fut finalement remorqué et ils apprirent que les réparations prendraient quelques jours, car une pièce devait être commandée pour le radiateur.

Kit ne pouvait pas attendre aussi longtemps. Plus vite il terminait sa mission, plus vite il rentrerait chez lui et laisserait Pénélope derrière lui.

— Comment puis-je me rendre en ville ? demanda-t-il au mécanicien.

Le petit hameau n'avait ni concessionnaire de voitures d'occasion, ni bus, ni train. Juste un vieux camion à vendre, qui n'avait qu'une banquette avant.

Ce qui fit éclater une dispute parmi les hommes de la meute. Une dispute que Darian, bien sûr, gagna.

Lochlan et Hammer resteraient derrière et suivraient lorsque les réparations seraient terminées.

Comme Kit détestait conduire avec un embrayage, il finit par laisser Darian prendre le volant. Ils se mirent en route, avec Pénélope assise entre eux dans le vieux camion qui sentait le chien (un golden retriever, à en juger par les poils).

Et Kit était plus conscient que jamais de la présence de la jeune femme à côté de lui.

Le retard sur la route signifiait une nuit de plus dans un motel. Plutôt que de laisser Pénélope partager une chambre avec son frère, Darian passa un bras autour des épaules de Kit et dit à sa sœur :

— Tu prends la deuxième chambre. Je vais partager avec notre exécuteur.

Ce n'est qu'une fois la porte fermée que Kit gronda :

— Qu'est-ce que c'est que ce bordel ? Nous n'allons pas partager une chambre. Je vais en louer une autre.

— Je ne vais pas dormir ici. J'ai besoin de me défouler.

Kit comprit ce qu'il voulait dire.

— D'accord. Bien sûr.

— Je laisserai la porte entre les pièces entr'ouverte au cas où quelque chose arriverait. Je serai de retour avant l'aube.

— Et si elle demande où tu es ?

Kit regarda la porte entre les pièces. Ils seraient seuls ensemble, mais séparés. Aucun problème.

— Dis-lui que je suis sorti boire quelques bières.

Darian agita un doigt :

— Pas de partie de jambes en l'air, ou membre du Lykosium ou pas, je vais te botter le cul jusqu'à ce qu'il soit de la même couleur que tes cheveux.

— Tu peux toujours essayer, fut la réponse sèche de Kit.

— Ne le menace pas !

Pénélope entra dans la pièce en menaçant Darian du doigt.

— Putain, il n'a pas besoin que tu le protèges, argumenta Darian, s'approchant pour la surplomber.

Elle lui rendit chaque regard.

— Je n'ai pas besoin que tu te mêles de mes affaires.

— Tu n'as pas intérêt à sortir avec lui.

— Je ferai ce que je veux avec qui je veux, fut sa réponse impertinente.

— Plutôt mourir.

— Je vais te dire, si tu es si inquiet pour ma vertu, alors que dirais-tu de traiter la prochaine femme que tu rencontreras dans un bar comme tu aimerais me voir traitée ?

L'expression peinée de Darian fit rire Kit.

— Poppy, tu n'es pas raisonnable. Je fais juste attention à toi.

— Je peux prendre soin de moi-même, assura-t-elle toujours renfrognée.

— Peut-être que je devrais rester.

Darian regarda la porte puis sa sœur.

— Va boire quelques bières. Je survivrai.

Elle poussa son frère à la porte puis se tourna vers Kit en levant les yeux au ciel.

— Il est parfois pire qu'une mère poule.

— Parce qu'il t'aime.

— Un peu trop, parfois. Ta mère adoptive est-elle comme ça ?

— Luna est plus du genre à me pousser vers n'importe qui dans l'espoir que je me case.

— Tu n'as pas encore trouvé la bonne personne ? plaisanta-t-elle.

Il dut détourner le regard pour mentir.

— Non.

— Oh. Moi non plus. Je suppose que je vais allumer la télévision.

Il l'a presque invitée à rester avec lui.

Au lieu de cela, il ne dit pas un mot lorsqu'elle quitta la pièce et s'en fut à côté. Il s'allongea sur le lit, sa propre télévision éteinte, un bras sous sa tête, trop conscient qu'elle était littéralement à quelques pas de lui.

Sortir ensemble ? Mauvaise idée, même s'il avait de plus en plus de mal à comprendre pourquoi ils ne devraient pas.

La question le poussa dans le sommeil, où il se rappela pourquoi il ne devrait pas s'en soucier.

CHAPITRE DIX

Poppy se réveilla dans l'obscurité éclairée uniquement par une bande de néons qui traversait le haut des rideaux.

Elle écoutait, et espérait qu'elle était victime de son imagination. Seulement, elle aurait juré avoir surpris un mouvement. Sa tête se tourna vers la porte entre les pièces. Kit était de l'autre côté. Darian aussi, s'il était revenu de sa tournée des bars... Ce qui était un code pour « *s'envoyer en l'air* ». Comme si elle ne le savait pas.

Rien ne rompit le calme. Pourtant, elle se leva, vêtue d'un short et d'un débardeur, et se dirigea vers la porte pour jeter un coup d'œil. La même lumière au néon traversa l'espace entre les rideaux, suffisamment pour qu'elle ne voie qu'un seul lit occupé.

Kit.

Un Kit agité dont les membres avaient des

spasmes, ses bras s'écartaient, ses jambes se contractaient. Sa tête tournait d'un côté à l'autre. Il frissonna.

Il ne portait que des boxers, le haut du corps nu et tendu. Musclé, aussi. Il avait des cicatrices, la plupart d'un blanc argenté dû à l'âge, des marques striées racontant une histoire qu'elle voulait entendre.

D'un pas silencieux, elle s'approcha du côté du lit, sentant son agitation. Sa panique.

Il rêvait. Ce n'était pas un rêve agréable. Elle ne put s'en empêcher et tendit la main pour le toucher.

Et tomba dans son rêve.

Elle se retrouva dans une clairière, debout sur quatre pattes velues alors qu'une petite forme rousse émergeait des bois. Pas seul. Un autre renard roux apparut, puis un troisième, tous essayant de s'enfuir de l'autre côté.

Mais la sécurité qu'ils cherchaient était bloquée par des hommes à cheval, brandissant des lances qu'ils enfonçaient vers les petits renards. Ils s'arrêtèrent au centre du champ, cernés par des lances pointues d'un côté, une ligne de chiens baveux de l'autre.

Les renards semblaient foutus, mais une forme poilue atterrit dans la clairière, un grand renard plus doré que roux, sa queue sinueuse poussant les petits renards derrière elle alors qu'elle repoussait le premier chien.

La bataille sauvage ne dura pas longtemps. Les canidés s'enfuirent avant que la femelle ne se retourne contre les chasseurs avec un grognement, ramenant une fois de plus ses petits derrière elle.

Les hommes n'avaient aucune considération pour la mère. Elle se battit vaillamment, mutila deux des humains, mais à la fin, elle mourut. Et les petits renards glapirent.

Elle ne se rendit pas compte pas qu'elle avait le souffle coupé jusqu'à ce que Kit la secoue.

— Réveille-toi.

Elle cligna des yeux.

— J'ai vu... je...

— Rien. Tu as fait un mauvais rêve.

— Mais les chasseurs... Le renard...

Ses yeux flamboyèrent.

— Je n'ai pas dit que tu pouvais regarder dans ma tête.

Était-ce ce qu'elle avait fait ?

— Je ne voulais pas. Je vous ai vu faire un cauchemar et j'ai simplement essayé de vous réveiller. Je suis désolée.

Son menton en tomba. Elle ferma les yeux, essayant d'oublier la violence qu'elle avait vue. En fait, elle était assise sur ses genoux.

Il soupira.

— C'est moi qui suis désolé. Je n'aurais pas dû être con avec toi.

— Vous ne mentiez pas quand vous disiez que vous faisiez encore des cauchemars.

Il haussa les épaules.

— De temps en temps, je vais en faire un. Je me réveille. C'est fini. C'est pas bien grave.

— J'ai hâte d'en arriver là.

Elle appuya sa tête contre sa poitrine, apaisée par le battement régulier de son cœur.

— Ça va arriver.

— Promis ? le taquina-t-elle.

À sa grande surprise, il répondit :

— Promis. Maintenant, tu devrais retourner dans ton lit.

— Mais je suis à l'aise.

Elle resta contre lui.

— Ce n'est pas approprié.

Elle rit.

— Selon qui ?

— Ton frère, pour commencer.

— Darian ne sera pas de retour avant l'aube à moins qu'il n'ait pas de chance. Ce qui n'est jamais arrivé, d'après ce que j'ai compris.

— Tu es proche de ton frère.

— Trop parfois. Il a toujours été protecteur, mais ça a monté de quelques crans après mon calvaire.

Elle se tourna pour frotter son visage contre la poitrine de Kit.

— Ça te dérange ?

— Pas au début. À l'époque, j'avais besoin de me sentir protégée.

— Plus maintenant ?

— Je ne sais pas. Je pensais que c'était ce que je voulais. Je n'avais jamais réalisé à quel point je ne pouvais pas respirer jusqu'à ce que tu arrives, dit-elle, la proximité de Kit encourageant le tutoiement.

Loin de s'en offusquer, il rit :

— Est-ce que tu as déjà remarqué comment nous construisons parfois nos propres cages ?

— Dans quel genre de cage te tiens-tu ?

Il garda le silence un instant avant de marmonner :

— Je n'aime pas que les gens s'approchent de moi.

Sa joue contre lui, elle murmura :

— Tu ne me repousses pas.

— Je suis au courant.

Elle inclina la tête pour voir son visage.

— Pourquoi ? Tu as peur de me casser ?

Il aboya un petit rire.

— Mes raisons sont plus égoïstes.

Elle se tortilla sur ses genoux, sentant son érection.

— Et vas-tu agir par rapport à ces raisons ?

— Non, dit-il fermement, sans la chasser pour autant.

Elle attrapa son menton.

— Et si je voulais que tu le fasses ?

— Je te rappellerai que ce n'est ni le bon moment ni le bon endroit.

— Et quels sont le bon moment et le bon endroit ?

— Jamais et nulle part, car cela ne peut pas arriver.

— Pourquoi ?

— Je ne joue pas à ce jeu-là, Pénélope.

Son nez se plissa.

— Ça fait longtemps que je n'ai pas entendu ce nom. Tout le monde m'appelle Poppy.

— Une fleur délicate. Je suis surpris que tu le permettes.

— Comment dois-je être appelée ? Et ne dis pas Pénélope. J'ai cessé d'être elle après Gérard.

— Quelque chose de féroce, comme toi. Forte et loyale.

— Comme une renarde protégeant ses bébés.

Elle regretta de le lui avoir rappelé lorsqu'elle le sentit se raidir. Sentant qu'il l'aurait bien fait descendre de ses genoux, elle enroula ses bras autour de son cou.

— Pourquoi est-ce qu'avec toi, je ne me sens pas brisée ? demanda-t-elle, forçant son regard à rencontrer le sien.

— Parce que comparée à moi, tu es parfaite.

— Dit le bel homme, murmura-t-elle.

— C'est ce qu'aucune femme n'a jamais dit au sujet d'un diable roux.

Son sourire en coin était la preuve de son autodérision.

— Ne sommes-nous pas un couple parfait ? Nous sommes tous les deux convaincus que nous ne sommes pas assez bien pour personne. C'est peut-être pour ça que je sais que tu es mon compagnon.

CHAPITRE ONZE

Kit se figea en l'entendant prononcer ces mots.

Tu es mon compagnon.

Pour une raison quelconque, il ne l'avait pas crue affectée par le même besoin que celui qui brûlait en lui. Après tout, elle ne le traitait pas différemment des autres. Sauf qu'elle était assise sur ses genoux, pressée contre lui, exerçant une pression sur une partie de lui qui aurait aimé moins de vêtements.

— Tu as oublié comment parler ? le taquina-t-elle, mais il pouvait entendre la nervosité dans sa voix. Comme si elle craignait d'en avoir trop révélé.

Il aurait pu apaiser cette anxiété en disant : « *Oui, tu es ma putain de compagne.* » avant de la prendre dans un élan passionné.

Mais Kit étant Kit, il ne pouvait tout simplement faire comme tous ceux qui rencontraient leur compagne.

Il se leva, une prise ferme la faisant se lever avec

lui. Lorsqu'il sut qu'elle se tenait debout sur ses deux pieds, il la relâcha.

— Ce que tu ressens, c'est un engouement passager pour quelqu'un qui n'est pas comme un frère pour toi. Ça passera.

Elle pencha la tête, mais plutôt que de paraître blessée par son rejet, un sourire apparut sur ses lèvres.

— Je peux promettre que je ne te considère pas comme mon frère. D'une part, je n'ai jamais embrassé mon frère comme ça.

Elle bougea plus vite qu'il ne pouvait réagir.

Ou était-ce qu'il ne voulait pas s'écarter de ses lèvres, qui s'accrochèrent soudain aux siennes ?

Elle l'embrassa, la chaleur mijotant à l'intérieur de lui se déployant en une ruée de désir en fusion. Pendant une seconde, il l'embrassa en retour, ses mains attrapant ses fesses et l'attirant plus près.

C'était vraiment splendide.

Elle émit un bruit, un grognement de besoin. Il serait si facile de satisfaire leurs envies. Mais alors, que se passerait-il ? Que se passerait-il une fois que la passion se serait refroidie et qu'elle aurait des regrets ?

Il l'arrêta.

— Nous ne devrions pas faire ça.

— Je ne suis pas d'accord. Cependant, si c'est ce que tu veux... Bonne nuit, mon renard sexy.

Mon ?

Il resta abasourdi pendant qu'elle le quittait avec un balancement de hanches, un coup d'œil par-dessus son épaule et, lorsqu'elle entra dans l'autre pièce, un petit rire :

— Tu sais où me trouver. J'attendrai.

Adieu l'attente. Il fit un pas dans sa direction, seulement pour s'arrêter et tourner la tête en entendant un bruit. Il ne lui fallut que trois enjambées pour atteindre la porte et l'ouvrir à la volée.

Darian trébucha à l'intérieur, le visage ensanglanté, un œil fermé tant il était enflé.

— Qu'est-ce qui t'est arrivé ? grogna Kit lorsque l'autre homme devenait partiellement mou et se laissa tomber sur lui.

— J'ai essayé de jouer au mec bien. J'ai été battu pour ça, bougonna Darian.

— J'espère bien que ce n'est pas encore pour une fille.

Pénélope était revenue.

— Désolé de t'avoir réveillée.

Darian essaya de s'asseoir, mais Kit le repoussa.

— Ne bouge pas. Je vais vérifier si tu n'as pas d'os cassés.

Parce qu'ils devraient être replacés correctement avant qu'ils ne commencent à fusionner, un processus plus rapide pour la plupart des garous.

— Mes os vont bien. Ils essayaient surtout de m'assommer pour me voler. Ils n'ont pas eu mon portefeuille, précisa Darian avec un sourire ensanglanté.

— Parce qu'ils auraient pu faire tellement avec ta carte de crédit prépayée et vingt dollars en espèces, a déclaré sa sœur.

— C'est pour le principe, répliqua Darian.

Kit comprenait.

— Ne jamais laisser des parasites penser qu'ils peuvent s'en tirer ainsi. Plus les gens disent non aux mauvais comportements et leur donnent des conséquences, moins ils se comporteront de cette manière.

— Ou tu pouvais le leur donner, éviter une raclée et acheter un autre portefeuille, souligna Poppy.

— Ça doit être bien d'avoir ce privilège, dit Kit d'une voix traînante.

— Comme si tu n'avais pas été élevé dans la richesse, intervint Darian. Je sais qui est ta mère. Elle est haut placée dans le Lykosium.

Sa Penny (bien qu'il n'ait pas encore complètement décidé si c'était vraiment *la sienne*) le regarda.

— C'est la Luna du conseil dont Meadow nous a parlé. J'aurais dû faire le lien avant.

— Je ne parle pas de notre relation parce que ce n'est pas important.

Kit avait fait les choses par lui-même pour éviter que les gens l'accusent d'utiliser la position de Luna.

— Tu as dit avant qu'elle t'avait sauvé. A-t-elle été exécutrice ?

Il ricana.

— La meilleure, comme elle aime me le rappeler. Je ne peux pas dire le contraire, vu qu'elle est arrivée à temps pour me sauver.

— Alors que moi non, regretta un Darian ivre.

Penny posa sa main sur le bras de son frère.

— Ce qui s'est passé n'est pas de ta faute. Il y a des

choses que j'aurais pu faire. Que maman aurait pu faire.

— Ne commence pas à jouer au jeu de qui aurait pu, aurait dû, aurait su, s'exclama Kit d'un ton ferme. Des choses arrivent. Des mauvaises choses. Nous les gérons et passons à autre chose.

— Dit le gars qui ne veut pas le faire, marmonna Penny.

Il la regarda de biais. Il voulut lui demander ce qu'elle voulait dire, mais Darian regardait et écoutait un peu trop attentivement. Lui aussi remarqua des choses.

— Tu es arrivée très vite, ma sœur. Tu étais réveillée ? Tu as fait un cauchemar ?

— J'en ai fait un.

Kit la coupa pour lui épargner l'inquiétude fraternelle.

— Toi ?

La lèvre de Darian se retroussa.

Elle vola à son secours.

— Sois gentil. Il a traversé plus que tu ne pourrais jamais comprendre.

Comme si Darian s'en souciait.

— Si je ne te connaissais pas mieux, je penserais que tu craques pour l'exécuteur.

— Et pourquoi pas ? Il est beau gosse.

Son menton se leva, comme si elle le défait de dire le contraire.

— J'ai des questions sur tes goûts, fut la réponse aigre de Darian.

Kit en plaisanta :

— Je dirais qu'ils sont excellents.

— Reste en dehors de ça, grommela Darian.

— Non, tu restes en dehors de ça, le réprimanda Penny. Si je veux avoir une relation avec Kit, je le ferai, et je me fiche si cela ne convient à aucun de vous deux.

Avec cette déclaration, elle s'éloigna, laissant Darian et Kit se regarder fixement.

Le silence se rompit lorsque Darian a soufflé :

— Pourquoi ne veux-tu pas sortir avec ma sœur ?

CHAPITRE DOUZE

Le lendemain, Kit refusa de croiser son regard. Son frère, d'autre part, fit tout ce qu'il put pour pousser Poppy vers Kit. Elle ne comprenait pas ce changement d'humeur soudain. C'est pourquoi, lors du dernier arrêt avant leur destination finale, elle prit Darian à part.

— D'accord. Dis-moi tout. Pourquoi essaies-tu de me pousser vers Kit ?

— C'est évident que tu l'aimes bien. Et il m'est venu à l'esprit que c'est le premier coup de cœur que tu as depuis Rok.

— Je n'ai jamais craqué pour Rok, souffla-t-elle, gênée que cela ait pu être évident.

— Peu importe, dit Darian, balayant son mensonge de la main. Dire que je lui avais interdit de s'approcher de toi, alors qu'il est en fait parfait pour que tu te remettes en selle en sortant avec quelqu'un... !

Il rayonnait en disant ces mots, avant de froncer les sourcils.

— Non pas que tu devrais faire de l'équitation... euh, ou je veux dire...

Il cessa de bégayer et rougit comme une pivoine.

— Je ne suis pas vierge, Darian.

Elle n'avait tout simplement pas eu de relations sexuelles depuis qu'elle avait quitté l'université. Combien d'années à ne rien faire fallait-il avant qu'elle ne redevienne vierge honoraire ?

— Je sais. Je ne... je veux dire, je m'en fous. Ne m'en parle pas.

Il commença à marcher.

— Tout ce que je dis, c'est que si tu veux flirter et sortir avec le renard, alors vas-y. Je ne serai pas un connard à ce sujet, parce que je devrais t'encourager à sortir.

— Et si je faisais ce que je voulais et que tu te contentais de me soutenir ?

— Je ne soutiendrai pas une autre incursion dans le véganisme, dit-il avec un geste du doigt.

Elle sourit.

— Ça me va.

Ils se serrèrent la main.

Kit arriva en les regardant avec méfiance.

— Pourquoi avez-vous l'air suffisant tous les deux ?

Maintenant qu'elle savait que Darian ne se mettrait pas en travers de son chemin, et avec sa propre anxiété qui diminuait enfin, elle était déterminée à se sentir à nouveau vivante avec cet homme qui était en train de la regarder d'un air renfrogné.

Elle lia son bras à celui de Kit.

— Je dis juste que ça a été un long voyage, mais nous sommes enfin là. Un pas de plus vers le tournage de page.

Cela ne le dérida pas.

— *Si* cet homme est Gérard.

— Même s'il ne l'est pas, si quelqu'un fait du mal aux garous, je veux aider à l'arrêter. Peut-être que faire partie de la solution contre la violence me permettra également de tourner la page. Après tout, cela a fonctionné pour toi.

— Qu'est-ce qui te fait dire ça ?

— N'est-ce pas pour cela que tu es devenu un exécuteur ?

Sur ce, elle fit un clin d'œil et se glissa sur le siège arrière pour une fois, forçant son frère à l'avant avec Kit. Un homme qui ne cessait de la regarder dans le rétroviseur.

Un homme qui avait besoin de séduction ce soir, avant le danger qu'ils rencontreraient demain.

Plutôt qu'un hôtel pour leur séjour, il avait loué une maison à quelques rues de leur cible. Elle regarda la maison de banlieue à deux étages :

— Ce serait un endroit agréable pour élever des enfants.

— Il faudrait plus d'espace dans le jardin, fut le commentaire de Kit alors qu'il ouvrait la serrure à combinaison et retirait la clé.

— Comment tu pourrais bien savoir ce dont un enfant a besoin ?

La réponse de Darian était sarcastique alors qu'il se dirigeait vers l'intérieur.

— Ignore-le.

— C'est ce que je fais déjà, répondit Kit avec un demi-sourire. Il y a trois chambres, mais l'une d'entre elles a été transformée en salle de sports. Tu prends la chambre principale. Ton frère peut avoir l'autre.

— Et toi ?

— Le canapé sera très bien.

Elle regarda le canapé qui n'était pas assez long pour sa silhouette. Avec Darian hors de vue, elle se pencha plus près de lui et chuchota :

— Ou tu pourrais me rejoindre ?

Elle laissa germer l'idée dans sa tête et se dirigea vers la cuisine. Le claquement de la porte ne la surprit pas.

Quand Kit revint quelques heures plus tard, c'était pour la trouver dans la cuisine, le seul endroit où elle se sentait toujours à l'aise. Cette fois, elle était déterminée à voir si elle pouvait se frayer un chemin dans le cœur d'un homme avec de la bonne nourriture.

— Le dîner est presque prêt.

— Comment ?

Kit jeta un coup d'œil à l'éventail de plats en cours de préparation.

— Je ne pensais pas que la nourriture était comprise.

— Oh, ce n'est pas le cas. Je suis allée dans une épicerie.

Il cligna des yeux.

— Tu es sortie ?

— Il y a une jolie supérette à une quinzaine de minutes de marche.

— Tu n'aurais pas dû faire ça.

Elle ferma le four.

— Pourquoi pas ?

Sa bouche s'ouvrit et se referma.

— Parce que nous sommes censés être discrets.

— Je doute fortement que notre cible fasse ses courses dans le magasin du coin.

Il fronça les sourcils.

— Tout de même. Et s'il t'avait vu ?

— Je pensais que le but était que je confirme que je confirme la présence de Gérard ici.

— Pas toute seule !

— Calme-toi. Il ne s'est rien passé, l'apaisa-t-elle. Allez, assieds-toi. Le dîner est sur le point d'être servi, dit-elle en désignant la table.

Il se glissa sur un siège.

— Où est ton frère ?

— Il est parti courir.

— Juste au moment du dîner ?

— Il voulait observer l'endroit à la lumière du jour. Son plan était donc de faire du jogging et de s'arrêter quelque part pour manger. Il reviendra quand il fera noir pour pouvoir voir la maison de nuit.

— Est-ce qu'il essaie de se faire prendre ?

— Il ne ressemble en rien au militaire que Gérard a rencontré. Pourquoi penses-tu qu'il s'est fait pousser la barbe ces derniers jours ?

Elle plaça une assiette fumante devant lui. Une poitrine de poulet panée était posée sur des pâtes, le tout recouvert d'une sauce crémeuse saupoudrée de lardons et d'une légère couche de copeaux de parmesan.

— C'est toi qui as fait ça ?

Elle acquiesça.

— Ma version du poulet sauce carbonara avec petits oignons caramélisés, champignons et asperges sautées.

Il gémit en mangeant.

Elle n'avait jamais été aussi heureuse de nourrir quelqu'un. Quand il eut fini, il la regarda avec une expression qui la réchauffa jusqu'aux orteils.

— C'était délicieux.

— Je suis heureuse que tu aies aimé. Tu as de la place pour le dessert ?

Il jeta un coup d'œil à son ventre.

— Putain. Je le regretterai probablement si je refuse.

Il l'aurait certainement fait. Elle sortit du réfrigérateur le tiramisu composé de couches de fraises, de biscuits et de crème fouettée.

Elle posa le bol devant lui avec une seule cuillère.

— Tu n'en prends pas ? demanda-t-il.

— C'est meilleur quand c'est partagé.

Elle se laissa tomber sur ses genoux, ce qui

demanda à ce qu'elle gigote un peu, car la chaise de Kit n'était que partiellement tournée de la table.

Il s'immobilisa.

— Qu'est-ce que tu fais ?

— Je mange du dessert.

Elle prit du tiramisu à la cuillère et le fourra dans sa bouche.

— Humm.

La cuillérée suivante alla aux lèvres de Kit.

Il hésita avant d'ouvrir puis gémit à nouveau.

— Tu es sûre que je dois partager ?

Cela amena un petit rire à ses lèvres.

— Oui.

Elle mit la bouchée suivante à sa bouche et barbouilla ses lèvres. Elle se pencha en avant, et sans un mot, il lécha la crème avant de l'embrasser. La douceur du dessert n'était pas nécessaire, car son goût était tout ce dont elle avait envie. Tout ce qu'elle voulait.

La chaise fit un peu de bruit lorsqu'il la repoussa suffisamment pour que Poppy puisse se tourner pour se mettre à califourchon sur lui. Elle prit sa mâchoire dans ses paumes pendant qu'elle l'embrassait, et les mains de Kit attrapèrent ses fesses. Chaque glissement de lèvres, chaque léchage de langue, chaque frottement de son bassin lui coupait le souffle. Son corps pulsait de désir pour la première fois depuis bien longtemps. Elle fit de petits bruits en se balançant sur lui, la pression de son érection lui donnant la friction qu'elle voulait. Cela faisait si longtemps.

Elle eut un mini orgasme sur ses genoux et cria dans sa bouche. Ses bras se resserrèrent autour d'elle et il frissonna.

— Putain, Penny, qu'est-ce que tu me fais ? Une question tremblante

— J'essaie de te faire me séduire, fut sa réponse douce alors qu'elle continuait à l'embrasser.

Il se leva brusquement, la gardant dans ses bras. Ses jambes étaient enroulées autour de la taille de Kit.

Elle ne doutait pas qu'ils finiraient au lit. Elle le voulait.

La porte de la maison s'ouvrit en claquant lorsque Darian revint plus tôt que prévu en s'exclamant :

— Je pense que j'ai vu Maman.

CHAPITRE TREIZE

L'arrivée et la déclaration de Darian firent à l'excitation de Kit l'effet d'une douche froide. La pauvre Penny marmonna :

— Quel timing de merde.

Le temps qu'elle s'éloigne de lui pour s'affairer à l'évier, Kit put tout juste s'asseoir et cacher l'érection qui s'estompait lentement avant que Darian n'entre dans la cuisine, les yeux hagards.

— Tu m'as entendu ? J'ai dit que j'avais vu Maman ! répéta Darian.

Penny se détourna du comptoir, s'essuyant les mains sur une serviette.

— Tu es fou. Maman est morte. Nous avons tous les deux vu son corps. Nous l'avons enterrée.

— Je sais. C'est complètement dingue, mais je l'ai vue sur le siège arrière d'une voiture qui sortait de la maison quand je joggais devant. Et cette femme ressemblait exactement à Maman. Les mêmes cheveux, la même corpulence, le même visage.

Darian fit un geste de la main, tandis que Kit accédait à un fichier sur son téléphone. Il lui montra une image.

— Était-ce cette femme ?

Darian saisit le téléphone et s'exclama :

— Oui. Putain. Est-ce que c'est elle ?

Il le passa à Penny, qui le prit avec une réticence évidente.

Au début, son expression était choquée, mais plus elle la regardait, plus elle plissait le front. Elle secoua la tête.

— Elle lui ressemble, mais ce n'est pas elle. Cette femme a un grain de beauté sur la pommette gauche et les yeux de maman n'étaient pas de cette couleur.

— C'est intéressant que vous pensiez qu'il y ait une si grande ressemblance, remarqua Kit en reprenant son téléphone. Nous avons obtenu cette image sur les réseaux sociaux de Kline. Autant que nous puissions en juger, elle vit avec Kline. Nous supposons qu'elle est sa petite amie.

Darian grimaça.

— Si ce Théodore est en fait Gérard, alors c'est un peu dingue qu'il sorte avec un sosie de maman.

— Est-ce que c'est une garou ? demanda Penny à Kit.

Il haussa les épaules.

— Aucune idée. Nous n'avons pas de nom, et je ne

me suis pas encore suffisamment approché pour le savoir.

Il regarda Darian.

— Tu l'as sentie ?

— Non. Les vitres de la voiture étaient fermées.

Les lèvres de Darian se retroussèrent.

— Le fait qu'il ait une petite amie ne rendra-t-il pas plus difficile pour Poppy d'entrer ?

Il se laissa tomber sur une chaise et traîna le dessert dessus.

Un dessert qui avait eu un goût plus sucré lorsqu'il avait été mangé sur les lèvres et la langue de Penny.

Kit détourna le regard. Ce n'était pas le moment de se rappeler comment elle l'avait embrassé. Elle lui avait clairement fait savoir qu'elle le voulait. Il l'aurait prise... s'il n'avait pas été interrompu.

— Si c'est Gérard, je ne pense pas qu'il ignorera une occasion de remettre la main sur moi.

Kit surprit le tremblement de ses mains alors qu'elle remplissait le lave-vaisselle. Il ne proposa pas de l'aider, car il savait qu'elle avait besoin d'une distraction. Malgré toute sa bravoure, la perspective de se retrouver face à son agresseur la terrifiait.

— Si c'est lui, répéta Kit. Ce qui me rappelle, je dois aller chercher quelque chose.

Il quitta la pièce et revint avec une petite mallette fermée à clé. Il la posa sur la table pendant que Darian continuait à mettre le dessert dans sa bouche.

— Qu'est-ce que c'est ? demanda Penny en repliant

la serviette sur la poignée de la porte du four avant de s'approcher.

Si Darian n'avait pas été assis là, il l'aurait traînée sur ses genoux et l'aurait embrassée jusqu'à ce que ce regard inquiet disparaisse de ses yeux.

Au lieu de cela, il composa la combinaison et ouvrit la mallette. Quelques cartouches et une seringue se trouvaient à l'intérieur.

— Chacun de ces tubes contient une micropuce de suivi.

Darian marqua une pause.

— Tu ne puceras pas ma sœur comme un chien.

— Quelle est leur portée maximale ? demanda-t-elle, ignorant son frère.

— Elles fonctionnent en faisant rebondir un signal sur les tours de téléphonie cellulaire, donc elle est plutôt grande.

— Tant qu'elle reste à l'intérieur de la ville, souligna Darian.

— La majeure partie du pays est désormais couverte.

— Mais pas tout le pays, rétorqua Darian. Nous savons tous qu'il y a des zones où il n'y a pas de signal.

Penny soupira.

— Tu préfères que je sois kidnappée et pas retrouvée du tout ?

La mâchoire de son frère tomba.

— Bien sûr que non.

— Alors tais-toi, parce que je vais en avoir une, et toi aussi.

— Moi ?

Darian parut surpris.

— Tu oublies que Gérard ne m'a pas emprisonnée parce que je suis une fille. Il est tout aussi susceptible de te mettre en cage. Et je ne peux pas te perdre.

Les épaules de Darian s'affaissèrent.

— Bien.

Kit s'éclaircit la gorge.

— Si ça te fait te sentir mieux, j'en ai trois dans mon corps en ce moment. Luna m'en injecte une nouvelle dès l'instant où elle pense que l'ancienne ne fonctionne plus.

Elle était surprotectrice à certains égards, mais en même temps, elle l'encourageait toujours à sortir et à agir.

— Vas-y, dit Penny en lui tendant le bras.

Il injecta la puce sous sa peau, la rendant pratiquement indétectable. Seuls des murs fortement isolés ou une impulsion électrique pourraient perturber le signal.

— Est-ce que j'aurais une meilleure réception Wi-Fi maintenant ? plaisanta Penny.

— Pars en Europe et ce sera le cas.

Les mots lui échappèrent, et il aurait pu se frapper.

Darian ne remarqua rien, mais elle si. Son regard vers lui contenait un sourire.

— J'ai toujours voulu voir le monde.

Qu'est-ce que cela signifiait ?

— Qui espionne ce soir ? demanda Darian après avoir obtenu sa puce électronique.

— Pas toi. Tu es déjà passé devant en courant. S'ils te revoient, ils se méfieront.

Kit essaya de se concentrer sur ce qu'il devait faire et non sur la femme qui le distrayait.

— Le quartier n'est pas si développé ; un renard n'y serait pas à sa place.

— D'après ce que j'ai entendu, tu es plus gros qu'un renard normal, souligna l'empêcheur de tourner en rond.

— La plupart des gens ne s'en rendront pas compte, assura Kit.

— Pourquoi surveiller la maison la nuit ? Tu t'attends à ce qu'il se passe quelque chose ?

Penny se glissa sur le siège vide entre Kit et Darian

— Ce serait bien de savoir à quoi s'attendre. De voir les allées et venues. De savoir à quels moments il y a plus d'activité. S'il y a des patrouilles de nuit.

— Et si toi et moi faisions une promenade ensemble ? suggéra-t-elle. Tel un jeune couple profitant de l'air du soir, s'arrêtant de temps en temps pour flirter.

— Euh...

Kit n'avait pas de réponse parce qu'il n'avait jamais flirté. Mais maintenant qu'elle l'avait suggéré, il en avait vraiment envie.

Darian grimaça.

— Dégoûtant, mais ça fonctionnerait parce que les gens ne font pas attention aux couples qui s'embrassent.

— Tu ne vas pas me menacer de me frapper si je le fais ?

Kit n'avait pas oublié les avertissements précédents.

Darian haussa les épaules.

— Poppy est une adulte. Elle sait dire non et te mettra un genou dans les couilles si tu vas trop loin.

Lesdites couilles se contractèrent.

— C'est un plan, alors. Prêt, renard sexy qui me sert de petit ami ? lui demanda-t-elle avec clin d'œil.

Il manqua de gémir. Il raidit définitivement. Et quand ils sortirent, exposés à toutes les menaces, il comprit enfin pourquoi tout le monde prenait soin de Penny. Il voulait l'éloigner de cet endroit pour l'emmener dans un endroit sûr.

Je ne peux pas laisser quoi que ce soit lui arriver.

Parce qu'il avait enfin trouvé la seule chose par rapport à laquelle il était incapable de se montrer froid et objectif.

CHAPITRE QUATORZE

Kit marchait d'un pas raide à côté de Poppy, son bras enroulé autour du sien.

— Nous sommes censés être un couple amoureux, rappela-t-elle alors qu'ils approchaient de l'adresse qui les intéressait.

Il s'arrêta.

— Je n'ai jamais été amoureux.

Elle fut surprise par cet aveu.

— Jamais ? Tu es sûrement déjà sorti avec quelqu'un.

Il était trop beau pour ne pas être poursuivi par des femmes.

— Ouais, je suis sorti avec des filles, mais rien de vraiment sérieux, dit-il avec un haussement d'épaules. Je n'ai jamais trouvé quelqu'un avec qui j'ai eu une connexion.

Elle aurait pu jurer qu'elle l'avait entendu dire *jusqu'à présent*, mais ses lèvres avaient cessé de bouger.

Elle lui serra le bras.

— J'ai pensé l'être une fois, au lycée. Mais il s'est avéré être un crétin.

— Alors ce n'était pas vraiment de l'amour.

— Je suppose que non. Tu veux trouver quelqu'un ? demanda-t-elle, essayant de ne pas avoir l'air trop pressée d'entendre sa réponse.

— Je n'y ai jamais pensé, très honnêtement. Ma vie n'est pas exactement propice à être dans une relation. Je voyage beaucoup.

— Et ?

— Personne ne veut passer la plupart de son temps seule à la maison, rétorqua-t-il.

— Est-ce qu'il t'est déjà venu à l'idée de trouver une partenaire ? Quelqu'un qui pourrait voyager avec toi ?

— Non.

Un refus ferme, et pourtant, elle refusa d'abandonner.

— J'ai toujours voulu voir le monde. Goûter à de la nouvelle cuisine. M'immerger dans des saveurs locales.

— Alors fais-le.

— Tu dis ça comme si c'était facile, dit-elle en riant pendant qu'ils reprenaient leur marche.

— Parce que ça l'est. Et avant que tu ne trouves des excuses, soyons honnêtes : si Gérard voulait te trouver, il le pourrait.

— Nous avons changé de nom de famille.

— Pour le nom le plus commun du monde anglophone, dit-il en ricanant. Il suffirait qu'il exécute une analyse de reconnaissance faciale sur des bases de données comprenant des permis de conduire et il vous aurait trouvé.

— C'est comme ça que tu l'as trouvé, lui ?

Il secoua la tête.

— Les quelques images que j'ai déterrées ne ressemblent en rien à ce type. Ce sont les similitudes d'événements qui m'ont amené à lui. Sans parler du nom de famille.

— Et si ce n'est pas Gérard ?

— Alors, qui qu'il soit, il faudra quand même enquêter, car si ces gens traquent les garous, ils doivent être arrêtés.

— Tu parles à nouveau comme un héros.

Il grimaça.

— Tu dis des bêtises.

Elle se tourna brusquement vers Kit et prit son visage dans ses mains.

— Ne sois pas si dur avec toi-même.

Elle se pencha pour l'embrasser avant de chuchoter :

— Nous ne devrions pas nous disputer. Nous sommes en vue de la propriété.

— Pourquoi faut-il que tu sois si troublante ?

Un petit rire échappa à la jeune femme.

— Seulement pour toi, mon petit renard sexy.

Elle l'embrassa une fois de plus, juste parce qu'elle le voulait, avant qu'ils ne reprennent leur marche. Elle essaya de ne pas se tendre quand le mur de pierre entourant la propriété apparut dans son champ de vision. Il était surmonté de pointes et électrifié, selon Kit, ce qui rendait la propriété difficile à pénétrer en cachette.

Devant la porte principale, qui avait un code d'entrée et un moniteur, il la prit dans ses bras et frotta son nez contre son oreille en marmonnant :

— Les caméras regardent et écoutent.

Qui s'en souciait ? Sa bouche l'intéressait davantage, tout comme les mains qui parcouraient son dos.

Un coup de sifflet aigu et un « Hé, prenez une chambre ! » la ramenèrent au moment présent.

Ses joues rougissaient tandis qu'elle se retournait pour voir un garde de sécurité renfrogné derrière la porte.

Kit lui fit un sourire.

— Désolé que deux personnes amoureuses vous dérangent.

— Soyez amoureux ailleurs.

Kit baissa les yeux vers le trottoir puis revint à l'homme.

— Vous ne pouvez pas me dire quoi faire sur la propriété publique.

— Écoute, espèce de putain de rouquin…

— Chéri, ne commence pas une bagarre. Ça ne vaut pas le coup. Et puis, je préférerais être dans un endroit privé avec toi.

Elle battit des cils vers Kit puis lui offrit un sourire conciliant au garde.

— Désolée. Il était en voyage d'affaires, et nous sommes encore en train de rattraper notre retard.

L'homme ne s'adoucit pas du tout, et sa main ne bougea pas de l'arme à sa hanche. Poppy n'était que trop consciente que les caméras capturaient l'entièreté de son visage.

Si Gérard regardait, il la reconnaîtrait. Ses cheveux étaient peut-être plus longs, ses traits avaient un peu mûri, mais elle serait reconnaissable.

— Dégagez, avant que j'appelle les flics et que je vous dénonce pour actes indécents sur la propriété publique ! menaça le garde sans bouger.

Bras dessus bras dessous, ils avancèrent, Kit tendu et en colère. Alors qu'ils passaient hors de vue du garde et des caméras, elle le tira pour l'arrêter devant la maison voisine, entourée seulement d'une clôture en fer forgé, lui passa les bras autour du cou et chuchota :

— Du calme, mon renard.

— Je n'aime pas la façon dont il t'a parlé, grogna Kit.

— Il a été tout aussi grossier avec toi.

Elle prit sa joue dans sa main.

— Et nous avons beaucoup appris. Nous savons maintenant que quelqu'un garde la porte et qu'il est armé.

Il prit une inspiration et la laissa échapper.

— Il avait une arme à feu, un Taser, un couteau et des attaches à glissière. Il y avait aussi un talkie-walkie attaché à sa ceinture.

— Cela me semble exagéré. C'est un quartier agréable.

Chaque maison était entourée d'un terrain d'un demi-hectare. Si l'on ignorait la taille de la maison qu'ils surveillaient et sa sécurité excessive, elle faisait très maison de petite banlieue tranquille. D'autant plus qu'elle se trouvait en plein milieu du quartier et était entourée d'autres mini manoirs.

— C'est un coin riche que les gens veulent protéger.

Elle désigna de la main la propriété se trouvant derrière eux.

— Ce qui signifie généralement que les gens installent une clôture, peut-être quelques caméras, mais pas qu'ils mettent un pseudomercenaire à la porte. Seuls les gens qui ont quelque chose à cacher font ça.

— Un seul moyen de le savoir. J'ai besoin de trouver un moyen d'entrer.

Elle retourna vers la clôture, entraînant Kit avec elle, levant ses lèvres vers les siennes pour lui glisser un baiser et un murmure.

— La maison des voisins n'est pas aussi bien gardée.

— Ils sont chez eux, en revanche, observa-t-il, une main se faufilant dans ses cheveux, berçant sa tête.

— Vont-ils remarquer s'ils ont des visiteurs à fourrure ?

— C'est trop dangereux.

Il se recula légèrement et elle l'attrapa pour le ramener à sa bouche.

— N'est-ce pas toi qui n'arrêtes pas de me dire d'arrêter de me cacher ?

Il gémit.

— De la vie, pas des sales types.

— De sales types potentiels, dit-elle en mordillant sa lèvre inférieure. Et puis, j'ai une idée.

CHAPITRE QUINZE

L'idée de Penny était mauvaise. Mais seulement parce qu'elle l'impliquait, elle. En réalité, elle avait fait une excellente suggestion.

La clôture autour de la maison des voisins de Kline s'avéra facile à escalader, surtout compte tenu de la branche d'arbre qui tombait sur le trottoir. Mieux encore, aucune caméra n'était dirigée vers ce coin de la maison. Une fois dans le jardin, Penny lui tint la main pendant qu'ils traversaient les buissons et passaient devant la maison. Seules quelques fenêtres étaient éclairées, la principale à l'avant par le scintillement d'un écran, montrant que quelqu'un regardait la télévision.

Ils passèrent en douce devant la fenêtre, Penny souriant comme s'il s'agissait d'une blague. Il était plus difficile pour Kit de ne pas faire comme elle, parce qu'il se sentait plus léger et plus heureux qu'il ne l'avait été depuis longtemps.

La piscine à l'arrière n'était pas couverte et les lumières étaient éteintes. Dans l'ombre, ils se dirigèrent vers le poolhouse, la structure située à environ un mètre de la clôture.

Il joignit ses mains pour l'aider à monter sur le toit. Elle s'accroupit et attendit qu'il la rejoigne. Il n'avait pas besoin de toucher les pointes qui recouvraient le pan de mur devant eux pour sentir l'électricité les parcourir. Des caméras se trouvaient aussi de ce côté, mais elles n'étaient pas pointées vers le jardin voisin, car, comme Poppy le lui avait fait remarquer lorsqu'elle lui avait chuchoté son plan, *personne ne veut être espionné dans sa piscine ou son bain à remous*. D'autant plus que la plupart des gens aimaient être nus quand ils utilisaient ce dernier.

Le fait qu'aucune caméra ne soit dirigée dans cette direction signifiait qu'ils pouvaient observer la maison voisine sans problème. Contrairement au jardin dans lequel ils se cachaient, celui d'à côté avait une piscine entièrement éclairée, les lumières sous-marines changeant de temps en temps. Le patio lui-même avait des chaînes de petites LED enroulées autour du surplomb et le long des colonnes qui le soutenaient. Le rideau derrière la porte coulissante était tiré, ainsi que ceux de toutes les fenêtres, bien que certaines laissaient apparaître des rainures de lumière.

Poppy se tenait sur le toit du poolhouse, et avant qu'il ne puisse lui demander ce qu'elle pensait, elle sauta par-dessus la clôture.

Kit cligna des yeux. Il avait oublié qu'elle avait fait

de la gymnastique au lycée. Elle arriva de l'autre côté et s'accroupit aussitôt. Elle lui jeta un coup d'œil, son regard disant que c'était à lui de jouer.

Kit était peut-être capable de faire beaucoup de choses, mais sauter et atterrir sans se casser quelque chose n'en faisait pas partie. Il ne pouvait pas la laisser pas seule en territoire ennemi.

Il se déshabilla rapidement avant de se métamorphoser en renard. Il sauta par-dessus la clôture, espérant ne pas se casser une jambe. Il tomba sans grâce, le museau dans l'herbe, qui était au moins molle.

Une main caressa son dos alors que sa Penny se penchait pour murmurer :

— Voilà mon joli renard.

Il poussa un grognement. Peu importe que Luna l'appelle de la même manière. Il savait qu'il était un mélange sans queue ni tête.

Seule sa couleur était principalement celle d'un renard.

Penny posa un doigt sur ses lèvres et pointa vers la gauche. Il avait déjà entendu les pas approcher. Plus préoccupant : dès qu'ils s'éloignaient du mur et du buisson à côté desquels ils avaient atterri, les caméras capteraient tout mouvement. Penny longea le mur et se glissa vers l'arbre où le détecteur de mouvement était attaché, restant hors de portée. Elle se baissa sous le détecteur de mouvement et continua à se déplacer latéralement, un étrange second sens lui permettant de savoir où se déplacer pour éviter d'être vue.

Pour un homme comme Kit, habitué à se déplacer

dans l'ombre, ce comportement était très sexy. Ils atteignirent la partie extérieure du patio, où le feuillage semblable à la jungle offrait une intimité par rapport aux voisins et un endroit où ils pouvaient se cacher et jeter un coup d'œil.

Elle se pencha plus près et dit d'une voix étouffée :

— Je ne vois rien d'ici. Je vais me rapprocher.

Il grogna en réponse.

Elle l'ignora et s'éloigna des arbres en pot pour s'aplatir contre la maison.

Plutôt que de suivre et d'être extrêmement visible, il gardait l'endroit, reniflant l'air pour savoir si des gardes ou des habitants approchaient. Il ressentit le chatouillement occasionnel de quelque chose qui taquinait son sens olfactif, mais rien de concret.

Ouf.

Il tourna la tête pour ne voir que le flash de Penny alors qu'elle entrait dans la maison et fermait la porte. Qu'est-ce que c'était que ce bordel ?

Au diable la discrétion, il s'avança droit vers le verre et le flaira. Il ne pouvait pas l'ouvrir sous cette forme, mais un rouquin nu serait encore plus visible qu'un renard surdimensionné.

Nom de Dieu !

Il était sur le point de laisser tomber et de foncer après elle quand la porte s'ouvrit, laissant émerger Penny. Elle articula silencieusement :

— Allons-y.

Elle retourna vers la clôture, où ils se heurtèrent au dilemme de savoir comment revenir. C'était assez facile pour elle. Il se transforma et rit presque lorsqu'elle détourna immédiatement son regard. Il joignit ses mains en un marchepied. Elle prit appui dessus et il la hissa suffisamment pour qu'elle puisse sauter de l'autre côté.

À son tour à présent. Il regarda le mur de pierre et ses pointes électrifiées. Il agrippa le bord de la clôture et se redressa, faisant de son mieux pour garder un petit espace libre. Mais il n'y avait tout simplement pas assez de place pour lui donner...

ZZZZT.

Il cligna des yeux lorsqu'une chemise mouillée heurta les barbes et court-circuita la ligne. Les lumières s'allumèrent. Des cris retentirent au loin et Penny chuchota :

— Vite. Viens ici.

Il grimpa par-dessus la clôture, même s'il craignait qu'ils ne puissent pas vraiment s'échapper, mais il semblait qu'elle avait également pensé à un plan.

Nue dans la piscine, ce fut elle qui rompit le baiser, pendant que les propriétaires restaient bouche bée.

L'agent de sécurité d'à côté tonna dans son talkie-walkie :

— Fausse alerte. Juste des gens qui prennent un bain de minuit.

CHAPITRE SEIZE

Kit ne dit pas grand-chose sur le chemin du retour vers leur maison de location. Il était torse nu parce qu'elle avait ruiné son T-shirt en court-circuitant la clôture.

Cela en avait valu la peine. Surtout lorsqu'elle l'avait traîné dans l'eau avec elle, qui ne portait que sa culotte et son soutien-gorge après avoir rapidement retiré ses chaussures et son pantalon.

Cela fut bel et bien la couverture parfaite, les propriétaires âgés avaient hurlé qu'il y avait des pervers dans leur piscine, avant de crier sur le garde pour avoir pénétré dans leur cour. Il fut question d'appeler la police, mais curieusement, c'était le type de la sécurité qui les a persuadés de les laisser partir avec un avertissement.

Il ne voulait pas attirer l'attention.

Kit tenait la main de Poppy, malgré sa colère. Quand ils furent à un pâté de maisons de leur location, elle finit par dire :

— À moins que Gérard n'ait complètement changé d'odeur, ce n'est pas lui qui vit là.

Il se détendit.

— Bien. Je m'arrangerai pour que tu rentres chez toi demain matin.

Elle s'arrêta de marcher et il fit de même.

— Je ne partirai pas.

— Je ne t'ai amenée ici que pour voir si c'était le même type. Ce n'est pas le cas. Il n'est pas nécessaire que tu sois là.

Il voulait dire que ce ne l'était pas pour la mission, mais le cœur de Poppy n'aimait pas ça du tout.

— Je veux t'aider.

— Je n'en ai pas besoin.

— Je ne t'ai jamais demandé si c'était le cas. Je te le propose.

— Non.

— Pourquoi ?

— Parce que le propriétaire de cette maison est manifestement impliqué dans quelque chose d'illégal, et tu ne devrais pas y être mêlée.

— Mais toi, si ? demanda-t-elle.

— Je suis formé pour ça.

— Tu ne l'as pas toujours été.

Il la dévisagea.

— Ce n'est pas un jeu, Penny.

Elle aimait plutôt ce surnom, du moins la plupart du temps.

— Tu as raison, ce n'est pas le cas. C'est sérieux, et

tu veux savoir un truc ? Ça fait du bien de faire quelque chose, d'agir plutôt que de s'apitoyer et d'avoir peur.

— D'agir ? C'est comme ça qu'on appelle tes sottises ?

Elle grogna.

— Tu es juste en colère parce que mon plan a fonctionné.

— À peine.

— Nous sommes entrés et j'ai assez bien reniflé pour pouvoir te dire que, même si Gérard n'habite pas dans cette maison, un garou est passé par là.

— Tu en es sûre ?

Elle acquiesça.

— Un loup. Pas un que j'ai reconnu. Récemment, en plus.

— Une seule odeur ?

— Deux, mais je n'ai pas de certitudes sur la deuxième. Je ne suis pas allé trop loin parce que je pouvais entendre des gens à l'intérieur. Mais j'ai pu sentir la cuisine et la salle à manger, qui, à mon avis, sont les endroits où les gens sont les plus susceptibles de se rassembler.

— Malin.

Des louanges faites à contrecœur.

— La garou que j'ai sentie est une femme et elle s'est assise à la table à manger, indiquant qu'elle n'est pas prisonnière.

— Peut-être. Peut-être était-elle attachée à la chaise.

Ses doigts se lièrent aux siens alors qu'ils reprenaient leur marche.

— Je n'ai senti aucune odeur de sang ou de matériel médical.

Ces deux odeurs étaient courantes là où Gérard l'avait retenue prisonnière.

— Ça ne veut rien dire. Il se pourrait que les garous soient enfermés dans un espace clos, au sous-sol par exemple, ce serait le plus probable. Ou ils sont emprisonnés ailleurs.

— Combien d'adresses ce type a-t-il ?

— Il ne loue que cette maison, mais l'agence à qui il la loue s'occupe de plusieurs endroits. Un immeuble de bureaux, un club de golf et deux entrepôts, qui ont beaucoup de succès, du moins selon de rapides vérifications en ligne. Mais quelque chose comme un laboratoire médical pour garou ne serait pas une chose dont ils garderaient la trace dans leur livre de compte.

— Alors, quelle est notre prochaine étape ?

— Il n'y a pas de « notre ». Tu rentres chez toi, tu te souviens ?

Le sourire espiègle qu'elle lui adressa était celui dont son frère aîné se souvenait probablement de leur jeunesse.

— Non, je ne rentrerai pas, et tu ne peux pas m'y obliger.

— Penny...

Il grogna son nom alors qu'ils atteignaient la porte d'entrée.

— Oui, mon renard sexy ?

— Pourquoi rends-tu cela si dur ?

Se sentant toujours espiègle, elle le caressa.

— Tu veux que je règle le problème ?

— Je...

Plutôt que d'entendre une autre excuse, elle l'embrassa et aurait pu faire plus si la porte ne s'était pas ouverte sur frère, qui lui lança un regard noir.

— Il était temps que vous rentriez, tous les deux. Nous avons un problème.

Poppy voulut l'étrangler, mais l'expression fatiguée de ses yeux l'arrêta.

— Qu'est-ce qui ne va pas ?

— Rentre.

Darian monta sur le porche et jeta un coup d'œil suspicieux autour d'eux avant d'entrer après eux et de verrouiller la porte.

— Avoue. Qu'est-ce que tu as fait ? demanda Kit d'une voix traînante.

— Je n'ai rien fait. Nous avons un visiteur.

— Qui ? demanda Poppy en le suivant jusqu'au salon, où était assise la femme qui ressemblait tant à leur mère de loin. En personne, de nombreuses autres différences étaient clairement visibles, mais la plus frappante était son odeur.

— Qui êtes-vous ? Qu'est-ce que vous faites là ? grogna Kit en regardant la femme qui se leva de sa chaise pour se presser contre le mur, apeurée.

— Ne me faites pas de mal. Je jure que je ne vous veux pas de mal, s'exclama l'inconnue.

— Laisse-la, Kit, ordonna Poppy en se dirigeant

vers la femme, les mains tendues. N'ayez pas peur. Nous ne vous ferons pas de mal.

— Parle pour toi, marmonna Kit.

— Ignorez- le. Je suis Poppy, dit-elle en inclinant la tête. Et vous êtes... ?

— Rose-Marie.

— Bonjour, Rose-Marie. Vous avez l'air un peu effrayée. Que diriez-vous si je nous préparais une tasse de thé ? Vous nous direz aussi pourquoi vous êtes venue nous rendre visite.

L'invitée surprise se mordit la lèvre.

— Je ne devrais pas être ici. Mais je devais vous prévenir.

— Nous prévenir de quoi ? s'agaça Kit.

Rose-Marie recula.

Poppy l'apaisa.

— Ne faites pas attention à Kit. Les cheveux roux le rendent désagréable. Venez avec moi. Elle lança un regard noir aux hommes.

— Les garçons peuvent rester ici pendant que vous et moi discutons.

Elles entrèrent dans la cuisine, et une fois la porte refermée, elle n'entendit plus les murmures agités des deux hommes.

Elle se concentra sur leur invitée alors qu'elle préparait la bouilloire et sortit une assiette pour les biscuits.

— Alors dites-moi, Rose-Marie, faites-vous partie de la meute locale ?

Il était indéniable que son odeur de garou était la

même que celle de la maison dans laquelle elle venait de s'infiltrer.

— J'en fais partie. En faisais partie. Elle s'agita, les mains sur les genoux, la tête baissée. Ma meute n'est plus maintenant, pour ainsi dire.

— Qu'est-ce qui s'est passé ?

Poppy resta près de la cuisinière, sachant que l'eau ne tarderait pas à bouillir.

— Je ne sais pas ce qui leur est arrivé, si ce n'est qu'ils ont commencé à disparaître.

— Oh ? Poppy fit semblant d'ignorer ses mots. Ils ont déménagé ?

— Non. Quelqu'un les a enlevés.

— Qui ?

Poppy attendit que Rose-Marie admette que c'était l'homme avec qui elle vivait.

La femme haussa les épaules.

— Je ne sais pas. Mais j'ai eu peur. Heureusement pour moi, mon copain avait de la place chez lui pour que j'emménage.

L'histoire était proche de celle de sa mère, c'est pourquoi Poppy laissa échapper :

— Est-ce que c'est lui qui est derrière leur disparition ?

Le choc de Rose-Marie était palpable.

— Teddy ? Il ne ferait pas de mal à une mouche.

— Alors pourquoi les gardes et la clôture électrifiée ?

Elle se rendit compte trop tard qu'elle avait révélé savoir où il vivait et ses mesures de sécurité.

Rose-Marie ne lui posa pas de question à ce sujet.

— Je suppose que ton frère t'a dit que Teddy me fait vivre dans sa version de Fort Knox. Son sourire était plein d'affection alors qu'elle ajoutait :

— Il prend si bien soin de moi.

— Est-ce que Teddy sait ce que tu es ? demanda Poppy en s'approchant de la table avec le thé.

Les yeux de la femme s'écarquillèrent.

— Mon Dieu, non. Il est humain et non lié par serment, bien que je pense que je pourrais le lui faire prêter. Nous sommes faits l'un pour l'autre, soupira-t-elle.

— S'il ne sait pas, alors pourquoi toutes ces mesures de sécurité ?

Poppy poussait un peu sa chance.

— Il pense que j'appartenais à un gang, gloussa-t-elle. Je suppose que c'est le cas. Ou du moins, que ça l'était.

Elle fit une grimace.

— Il ne reste plus beaucoup d'entre nous. Tu es la première garou que je rencontre depuis des semaines. C'est pourquoi je devais te prévenir. Tu devrais partir avant que quelqu'un ne te fasse disparaître toi aussi.

Si Kit avait été celui qui interrogeait cette femme, Poppy savait qu'il se méfierait de la raison pour laquelle elle se souciait du sort d'étrangers. Mais ce serait parce qu'il se considérait comme insensible. Poppy trouvait plus suspect que cette femme, qu'ils n'avaient jamais rencontrée, se soit rendu compte qu'ils étaient garous.

— Merci de nous avertir, mais ne vous inquiétez pas. Nous pouvons prendre soin de nous-même.

— Qui sont ces types ? demanda Rose-Marie avec un regard vers la porte fermée.

— Mon frère et mon petit ami.

C'était la meilleure explication possible.

— Nous sommes ici en vacances.

Peu importait que le lieu ne fût pas une destination touristique.

— Vous voudrez peut-être penser à terminer votre voyage ailleurs, dit Rose-Marie en se levant. Je devrais y aller avant que Teddy ne s'inquiète. Il pense que je suis sortie chercher de la glace.

Poppy se mordit l'intérieur de la joue avant d'énoncer l'évidence. S'il s'inquiétait pour sa sécurité, la laisserait-il vraiment errer seule dans le quartier ?

Apparemment, Darian pensait la même chose, car lorsqu'elles sortirent de la cuisine, il avait déjà mis ses chaussures et dit :

— Laissez-moi vous raccompagner.

— Si tu n'es pas le parfait gentleman ! s'écria Rose-Marie avec un petit rire typiquement féminin.

Ils partirent et Poppy attendit que Kit dise quelque chose. Quand il ne l'a pas fait, elle soupira.

— Avant que tu dises quoi que ce soit, je sais qu'elle ment.

— Oh ?

Une seule syllabe.

— Elle vit avec Kline. Son odeur était celle de cette

cuisine. Mais elle a menti en affirmant qu'elle ne savait pas ce qui était arrivé à sa meute.

Kit leva son téléphone.

— Pendant que vous discutiez, j'ai comparé son nom à la liste de membres de la meute locale plus récente que nous ayons. Devine qui n'est pas dessus ? En fait, personne du nom de Rose-Marie ne figure dans aucune de nos bases de données.

— Ce qui signifie ?

— Je ne sais pas, seulement qu'il est étrange qu'une garou non enregistrée se retrouve dans un endroit où d'autres ont disparu.

— Comment fait-on pour savoir qui elle est ?

— Je dirais que c'est moins important que de connaître la raison pour laquelle elle s'est soudainement présentée à notre porte, car je ne crois pas une seconde qu'elle soit venue ici pour nous avertir.

— Alors quoi ?

— Du repérage. Découvrir pourquoi nous sommes ici, combien nous sommes. Elle essaie probablement de déterminer à quel point nous serions difficiles à abattre.

La déclaration la fit hurler :

— Et tu as laissé Darian partir avec elle !

Elle se précipita vers la porte d'entrée, mais Kit l'attrapa.

— Du calme.

— Il est en danger.

— Pas plus que tu l'étais lorsque tu as choisi de sauter cette clôture.

Elle fronça les sourcils.

— Mon frère ferait mieux de ne pas être blessé.

Il sourit d'un air narquois.

— Il a dit la même chose quand toi et moi sommes allés nous promener.

Pour une raison inconnue, sa suffisance l'ennuyait et elle le poussa. Il ne bougea pas, mais haussa un sourcil.

— Tu te sens mieux ?

— Non, grommela-t-elle.

— Est-ce que ça aiderait si je te disais que je ne permettrai pas que ton frère soit blessé ? Ou toi ?

— Tu ne peux pas promettre cela. Pour autant que tu saches, cette femme a tué Darian ou l'a drogué ou...

— Il est de retour.

Son frère entra en s'exclamant :

— Elle m'a dragué !

Poppy éclata en sanglots.

CHAPITRE DIX-SEPT

Penny surmonta rapidement son trop plein d'émotion grâce aux moqueries de son frère.

— Je savais bien que tu m'aimais ! Pour renforcer ça, tu devrais me préparer des cookies ! déclara Darian.

— J'étais inquiète ! s'écria Poppy en frappant son frère, ce qui causa une certaine surprise.

Kit savait qu'elle n'était pas violente d'habitude, mais depuis qu'elle était venue en voyage, il avait remarqué qu'elle tressaillait moins et qu'elle était plus franche.

— Il va bien. Je veux savoir ce qu'il a appris de cette femme.

— En dehors du fait qu'elle est une escroc ? interrogea Darian en levant un sourcil.

— Qu'est-ce qui te fait dire ça ? demanda Penny.

Kit savait depuis le début qu'il y avait quelque chose qui n'allait pas chez Rose-Marie.

— Elle m'a dragué tout de suite, bien qu'elle parle

de son merveilleux petit ami.

Darian leva les yeux au ciel.

— Peut-être qu'elle aime les mecs plus jeunes ?

Kit jouait l'avocat du diable.

— Cela semble peu probable, fit Penny en secouant la tête.

— Elle m'a dit dans la cuisine qu'elle pensait que Kline était son âme sœur et qu'il l'avait sauvée. Elle a également affirmé qu'il n'était pas derrière les disparitions.

Darian grogna.

— Elle a menti.

— Elle avait l'air sincère.

Penny, cependant, semblait incertaine de son impression.

— Cette femme s'est moquée de nous.

Kit était d'accord avec la conclusion de Darian.

— De toute évidence, notre cible est au courant de notre présence et l'a envoyée pour recueillir des informations.

— Tu penses qu'il a compris que c'était nous qui prenions un bain de minuit ? demanda Poppy.

— Attends, quoi ? s'exclama Darian. C'est pour ça que ma sœur est arrivée trempée et en portant tes vêtements ?

Un détail qui avait été ignoré dans la confusion liée à la visiteuse.

— Ne sois pas prude. Au moins, j'ai trouvé un moyen de renifler à l'intérieur de la maison, dit Penny avec désinvolture.

— Tu as fait *quoi* ? beugla Darian.

— Calme-toi. Ce que j'ai fait n'est pas pire que d'être gentil avec cette femme et de la raccompagner chez elle.

— Tu l'as laissée faire ça ? grogna Darian à Kit, qui leva les mains en l'air.

— Ne me blâme pas parce que ta sœur est entêtée.

— Je ne suis pas aussi fragile que vous le pensez tous les deux, rétorqua-t-elle.

Peut-être pas, mais Kit voulait la traiter comme si elle l'était.

— Vu que notre couverture est grillée, on devrait peut-être partir ? demanda Darian.

— Pénélope et toi devriez rentrer.

Darian et sa sœur répondirent d'une seule voix :

— C'est cela, oui !

Un soupir s'échappa de Kit, qui passait ses doigts dans ses cheveux.

— Cela pourrait devenir dangereux pour vous deux.

— Nous n'allons pas te laisser seul ! déclara vivement Penny.

— Je vais devoir partager la gloire, renard, dit Darian avec un clin d'œil.

Il y avait des chances que Kit finisse par craquer, mais il semblait être coincé avec ces deux-là.

Une fois qu'ils étaient partis se coucher (elle dans la chambre principale, seule, et Darian dans l'autre chambre), Kit s'assit sur le canapé et appela Luna.

— Tu ne devrais pas être au lit ? dit-elle sans un

bonjour.

— Tu ne veux pas une mise à jour ? riposta-t-il.

— C'est lui ?

— Non.

— J'entends un « mais ».

Il jeta un coup d'œil à la fenêtre couverte.

— Il y a quelque chose qui cloche. Nous avons rencontré la petite amie du suspect. Une garou qui ne fait pas partie de la meute locale, et qui a pourtant a menti à ce sujet en disant qu'elle y appartenait. Elle a admis être au courant des disparitions, mais elle a prétendu ne pas savoir ce qui se passe. La menteuse nous a dit que nous devrions partir.

— Tu penses qu'elle a été forcée à dénoncer notre espèce ?

— Je ne sais pas ce qu'elle veut, mais je pense qu'une rencontre avec son petit ami s'impose.

— Tu penses toujours à utiliser Poppy comme appât ?

— Non.

Il n'aurait même jamais dû suggérer cela.

Comme Kline n'est pas Gérard, je vais aller lui parler moi-même.

— Je pensais qu'il était fortement gardé.

— Chez lui. Je prévoyais quelque chose d'un peu plus public.

— Fais attention, Kit. Mon mauvais pressentiment s'aggrave.

— Peut-être que tu devrais consulter un médecin. Tu ne rajeunis pas.

— Je peux encore te botter le cul. Alors ne me tente pas.

Comme si elle lui aurait pu lui faire du mal. Elle lui avait appris à se battre, mais elle n'avait jamais utilisé sa force ou ses capacités pour le blesser. La punition est venue de sa déception, jamais de ses poings.

Selon ses propres mots, *tu ne devrais être violent que pour te protéger ou protéger les autres, jamais pour corriger quelqu'un*. Ce qui allait à l'encontre des tendances de la plupart des meutes, où la puissance l'emportait sur l'esprit.

Mais encore une fois, Luna avait toujours été différente de tout le monde, pas seulement à cause de ses yeux.

Il raccrocha et tenta de se mettre à l'aise sur le canapé. Il n'y avait pas assez de place pour s'étirer, alors il se laissa tomber au sol et soupira.

— Tu ne peux pas dormir non plus ?

La douce question de Penny le fit sursauter.

Comment avait-il pu ne pas l'entendre ? Il mit cela sur le compte de ne pas avoir été lui-même depuis qu'il l'avait rencontrée.

Il s'assit.

— Qu'est-ce qui ne va pas ?

— Est-ce que tu croirais que je me sens coupable d'avoir ce grand lit pour moi toute seule alors que tu as un canapé de merde ?

— J'ai dormi sur pire.

Elle s'assit à côté de lui.

— Le lit est bien assez grand pour deux.

L'offre le tentait. La raison prévalut.

— Je ne peux pas.

— Pourquoi ?

Il laissa échapper la vérité.

— Je ne sais pas si je pourrais m'empêcher de te toucher.

— Bien, parce que je veux que tu me touches.

L'admission fit presque exploser ses résolutions. Sa queue était prête à bondir, ce qui ne l'empêcha pas d'essayer de trouver une excuse.

— Ton frère serait énervé.

— Ça ne le regarde pas, qui j'invite dans mon lit.

Elle se pencha plus près.

— Et ne te méprends pas, je t'y invite. Je te veux, Kit. Je veux que tu me touches. Que tu m'embrasses. Que tu sois en moi.

Il ferma les yeux.

— Arrête.

— Pourquoi le devrais-je ? Je sais que tu me veux aussi.

— C'est vrai.

Il admit sa faiblesse.

Elle lui prit la main.

— Tu protestes beaucoup trop.

— Je suis...

— Moins cassé que moi. Alors ne pense même pas à utiliser cela comme excuse.

Ce qu'il voulait vraiment dire, c'était qu'il n'en valait pas la peine, mais il avait le sentiment qu'elle ignorerait ses protestations. Quand elle le remit sur ses pieds, il ne put plus résister. Il ne se contenta pas de se lever, il la prit dans ses bras, sachant que ce moment allait tout changer.

Et il s'en fichait.

Il la porta jusqu'à la chambre principale, fermant la porte et la verrouillant, même s'il savait que cela n'arrêterait pas une botte déterminée.

Il l'allongea sur le lit, conscient qu'elle le regardait alors qu'il retirait sa chemise. Elle portait une longue chemise. La sienne, en fait. Avait-elle autant envie de son odeur que lui de la sienne ?

Cela aurait du sens. Elle l'avait appelé *son compagnon*.

Et elle était à lui.

Putain. Après ce soir, il ne serait plus possible de le nier, de revenir en arrière.

— Tu en es sûre ?

Elle s'approcha de lui.

— Tais-toi et embrasse-moi.

Il ne pouvait pas dire non. Ses yeux se fermèrent alors qu'il pressait ses lèvres contre les siennes. Indéniablement, quelque chose d'électrique existait entre eux. Il lui suffisait de la voir, de penser à elle, de la sentir, et il s'enflammait de désir.

Son baiser devint exigeant, sa bouche entrouverte sur celle de Poppy cajolant, caressant, et elle ouvrit la bouche pour qu'il y glisse sa langue. Il la sentit frissonner ; son corps se posait contre le sien.

La parsemant de baisers sensuels, il quitta sa bouche pour suivre la ligne de sa mâchoire. Quand il trouva le lobe de son oreille et le suça, elle poussa un petit cri et se cambra.

Il la fit taire.

— Chut. Nous n'avons pas besoin que quelqu'un nous interrompe.

Elle attrapa sa main et utilisa ses doigts comme jouet à mâcher, les mordillant de plus en plus fort alors que les lèvres de Kit brûlaient une traînée le long de la colonne de sa gorge et qu'il taquinait sa peau avec ses dents. Son pouls battait aussi fort que le sien. La chair de la jeune femme s'échauffait, mais pas plus que celle de Kit.

Le bas de son corps se pressa contre lui, cherchant une pression qu'il était le seul à pouvoir lui offrir. Il se frotta contre elle, tournant et poussant malgré leurs vêtements. Elle ondulait sous son corps, se déplaçant au rythme de ses mouvements, le rendant fou.

Il prit un autre baiser, son goût l'enivrant. En se penchant sur le côté, appuyé sur un coude, il pouvait effleurer sa chair, ses doigts glissant sous le tissu de la chemise et de son soutien-gorge, trouvant son sein nu, dont le sommet était déjà dur. Son pouce l'effleura, et elle étouffa un gémissement.

Elle s'arqua lorsqu'il se pencha pour capturer le bout de son sein, toujours recouvert de tissu. Il tira sur le mamelon, le suça à travers le soutien-gorge, grognant contre sa chair tandis qu'elle frissonnait et se tortillait sur le lit.

Il en voulait plus. La chemise fut enlevée et jetée au sol. Le soutien-gorge aussi. Il attaqua ses seins avec sa bouche et ses mains, taquinant et suçant, pinçant et caressant. Poppy passa ses doigts passaient dans les cheveux de Kit, qu'elle agrippait pendant qu'il profitait de pouvoir la taquiner, se délectant de chaque halètement et de chaque frisson.

Ce n'était pas assez. Il avait besoin de la goûter. De savourer le miel qu'il pouvait déjà sentir. C'était trop tentant. Ses lèvres se frayèrent un chemin le long de son torse jusqu'au fin tissu de sa culotte. Il y accrocha ses doigts et la retira, la libérant pour mieux pouvoir la toucher et la regarder.

Avec son visage si proche de son monticule, il était immergé dans son parfum alléchant. Il ne put résister et enfouit son visage entre les jambes de la jeune femme.

— Oh.

Une douce exclamation au moment où il souffla avec chaleur contre elle. Il la positionna de manière à ce que ses jambes soient drapées sur ses épaules, l'exposant à lui, lui permettant de déguster le miel sucré dont il avait tant envie. Il fut au paradis dès le premier coup de langue. Il fredonna en continuant à la lécher et à la goûter, son grognement satisfait une vibration taquine contre sa chair moite.

Il prit son temps pour laper et taquiner, tirait sur son clitoris avec ses lèvres, jouait avec jusqu'à ce qu'elle se tende, au bord de l'apogée.

Il l'aida en enfonçant deux doigts en elle, puis en effleurant son clitoris encore et encore avec sa langue. Il la léchait. Enfonçait son doigt en elle. La suçait. Se frottait contre elle. Elle se resserra, et émit un halètement mélangé à des espèces de miaulements.

Il comprenait ce besoin. Sa verge palpitait, ne voulait rien de plus que s'enterrer en elle. Mais cette première fois, il voulait qu'elle passe en premier. Et c'est ce qu'elle fit.

Glorieusement, étouffant son cri avec un poing sur sa bouche, son corps se cambrant et frissonnant. Son canal se crispa sur les doigts de Kit alors qu'elle ondulait de plaisir.

Ce n'est que lorsque son plaisir s'est apaisé qu'elle le tira vers elle.

— Embrasse-moi ! demanda-t-elle.

Elle ne semblait pas se soucier de savoir si son miel était toujours sur ses lèvres.

Elle s'accrocha à lui, ses jambes toujours autour de la taille de Kit alors qu'elle se penchait entre elles pour jouer avec le pantalon de celui-ci.

— À ton tour.

Il lui demanda tout de même :

— Tu en es sûre ?

Bien qu'il sache qu'ils étaient déjà allés trop loin.

— Tais-toi et baise-moi.

Les mots vulgaires le firent gémir et la déshabiller. Le bout de sa queue trouva l'entrée du sexe de Poppy, et il s'enfonça en elle.

— Oui ! siffla-t-elle en enfonçant ses ongles dans ses épaules. Oui !

Elle n'arrêtait pas de le répéter alors qu'il allait et venait en elle, la pilonnant profondément. Ses mains sur son cul l'inclinèrent pour qu'il puisse continuer à la pénétrer à cet angle doux qui la faisait se resserrer contre lui.

Il avait trouvé son point G et n'arrêtait pas de s'y frotter. Elle bascula bientôt au même rythme que lui, son corps tressaillant alors qu'elle approchait d'un deuxième point culminant. Une bonne chose qu'elle en fût proche, car il était sur le point de perdre le contrôle. La succion de son sexe sur sa queue le rendait prêt à éjaculer.

Il enfouit son visage dans la douce courbe de son cou et suça sa chair alors qu'il continuait de s'enfoncer en elle, de plus en plus rapidement, faisant entrer et sortir sa queue d'elle, l'entendant haleter et crier. Ses ongles s'enfoncèrent en lui alors qu'elle se cambrait.

Il espérait qu'elle l'avait marqué. Il voulait qu'elle le revendique.

Quand elle jouit, il la suivit, sa dernière poussée le plongeant profondément en elle pendant qu'elle frissonnait tout autour de lui, le satisfaisant d'une manière qu'il n'aurait jamais imaginée.

Les joignant dans un lien qui durerait aussi longtemps qu'ils vivraient tous les deux.

Ils étaient désormais le compagnon l'un de l'autre. Il n'avait pas besoin du changement de son odeur pour le sentir.

Pour le savoir.

Elle est à moi.

Et il tuerait tous ceux qui tenteraient de la lui enlever.

CHAPITRE DIX-HUIT

Il est à moi.

La pensée résonna dans sa tête et dans son corps, jusqu'à l'âme de Poppy. La certitude la fit sourire. Elle se sentit fière d'elle lorsqu'elle quitta le lit où Kit dormait paisiblement, pour une fois.

Elle sauta pratiquement dans les escaliers, arborant un sourire stupidement large que son frère remarqua au moment où il entra dans la cuisine plus tard.

— Beurk. Dégueu. Pouah.

Il fit semblant d'avoir un haut-le-cœur.

— Qu'est-ce qui ne va pas ? demanda-t-elle joyeusement en se détournant de la cuisinière, où elle faisait frire du bacon.

— Je n'arrive pas à croire que tu as couché avec ce rouquin. As-tu oublié que c'est un exécuteur ?

Elle agita la spatule vers lui.

— Ne parle pas de mon compagnon comme ça.

— Pas *ton* compagnon. Dis-moi que ce n'est pas vrai, vociféra Darian.

— Il l'est, et tu vas être gentil à ce sujet, ou alors...

— Ça dépend. Ou alors quoi ?

Une demande sournoise.

— Plus de cupcakes avec glaçage à la crème au beurre pour toi.

Consterné, il en laissa tomber sa mâchoire.

— Ça, c'est tout simplement méchant. Tu vois à quel point le fait d'être en couple avec lui t'a déjà changé ? Toi qui étais une si gentille sœur, grommela-t-il.

— Je suis toujours gentille, mais je ne tolèrerai pas que quelqu'un dise du mal de mon compagnon.

Elle adorait le dire à haute voix, et Kit entendit ses mots lorsqu'il entrait dans la cuisine.

Pendant un instant, il se figea, son expression raide.

Trop tôt ? Tant pis. Son sourire était le bienvenu lorsqu'elle dit :

— C'est une belle journée.

Dans son esprit. Le ciel couvert à l'extérieur pourrait indiquer le contraire.

— Ha, fit Darian.

Kit jeta un coup d'œil à son frère, son visage sans expression, tandis que celle sur le visage de Darian le défia de faire quelque chose à propos de son manque de respect.

Le coin de la bouche du compagnon de Poppy se souleva.

— C'est une putain de belle journée.

Il se dirigea vers la jeune femme et déposa un baiser sur ses lèvres en murmurant :

— Bonjour, beauté.

Le *beauté* était pas mal, mais ce baiser ? Il avait un goût de trop peu. Elle jeta ses bras autour de son cou et l'étreignit de manière plus appropriée, ce qui donna à Darian un vrai haut-le-cœur. Au moment où elle mit fin au baiser, ils reprirent tous les deux un peu leur souffle, et les yeux de Kit avaient cette lueur qu'ils n'avaient que pour elle.

— Ta matinée est sur le point de s'améliorer. Assieds-toi, que je puisse te nourrir, ordonna-t-elle.

Une fois Kit penché en arrière sur sa chaise, elle commença à nourrir les deux hommes les plus importants de sa vie, ce que certaines féministes auraient pu décrier. Qu'elles le fassent. Poppy tirait un vrai plaisir de cuisiner pour les autres, d'entendre les bruits de bonheur quand ils mangeaient et de les voir vider leurs assiettes.

Elle cuisinait, mais devait rarement nettoyer après. Darian et Kit insistèrent pour qu'elle aille prendre sa douche pendant qu'ils s'en occupaient. Heureusement, cela ne leur prit pas longtemps et elle eut rapidement de la compagnie.

Kit entra dans la salle de bains embuée en demandant presque timidement :

— Besoin de quelqu'un pour te laver le dos ?

— Je préférerais que tu me salisses, fut sa réponse.

Apparemment, c'était une préférence partagée. Ils

ont utilisé tout le réservoir d'eau chaude, ce pour quoi elle n'eut aucun regret.

Pendant qu'ils s'habillaient, elle lui demanda :

— Alors, quel est le plan pour aujourd'hui ?

Avec tout ce qui s'était passé la veille, elle s'attendait à ce que les choses continuent d'avancer rapidement.

— Je vais forcer une rencontre en face à face avec Kline, dit-il en mettant une cravate.

— Comment tu vas faire ? Sa maison est gardée. Il ne te laissera probablement pas entrer.

— Je ne vais pas chez lui. Je vais le surveiller et attendre de voir où il va aujourd'hui. Si j'ai de la chance, il ira dans un endroit public, comme un restaurant.

— Ton plan est de le suivre partout, en espérant qu'il ira quelque part où tu pourras l'affronter ?

Difficile de ne pas entendre l'incrédulité dans sa voix. Il était peut-être son compagnon, mais ça ne l'empêchait pas de voir les failles de son plan.

— Tu ne penses pas que ça marchera ?

— Même en admettant que tu parviennes à lui poser quelques questions, il est peu probable qu'il avoue son implication dans un infâme complot pour capturer des garous.

— Je peux être persuasif, déclara Kit.

— S'il te plaît, nous savons tous les deux que tu n'es pas du genre baratineur.

Il haussa un sourcil.

— Tu as peut-être raison. Oublions les belles paroles, je passerai directement aux menaces.

— Si tu le frappes, assure-toi de le faire hors de vue, l'avertit-elle.

Elle ne le découragea néanmoins pas de faire tout ce qu'il jugerait nécessaire. Une autre personne aurait peut-être été sensible à la violence, mais elle savait que Kline représentait un grave danger pour leur espèce. Il ne pouvait y avoir de clémence.

Le secret des garous était plus important que quelques ecchymoses, os cassés ou dents branlantes. Même la mort d'un être humain n'était rien en comparaison du génocide probable si l'humanité découvrait leur existence. Quand ils avaient été découverts dans le passé, cela avait toujours conduit l'humanité à essayer d'éliminer tous les garous. Ils avaient travaillé dur pour minimiser la présence des loups-garous dans les textes d'Histoire, préférant souligner la persécution des sorcières. Si on demandait à quelqu'un qui a le plus probablement existé, des sorcières ou des loups-garous, il y a de fortes chances que la personne réponde que ce sont les sorcières.

Et elle aurait tort. Du moins, c'était ce que Poppy avait été amenée à croire. Parfois, elle se demandait si les sorcières, comme les garous, choisissaient simplement de ne pas exister en dehors de leur propre espèce. Avaient-elles leur propre serment pour les protéger des étrangers ?

— Frapper, c'est pour les amateurs, déclara Kit.

Appliquer une pression au bon endroit est beaucoup plus efficace.

Elle frissonna, même si elle n'était pas effrayée par ses paroles. Elle aurait dû être quelque peu repoussée, mais la force en lui, la façon dont il prenait les choses en main, la ravissaient.

— Et s'il n'est qu'un pion ?
— Même s'il est le plus petit rouage dans cette affaire de disparitions, il en sait trop. Je ne l'éliminerai pas tant qu'il ne nous aura pas donné tout ce qu'il peut.
— Fais attention.

Elle s'avança vers lui et posa sa tête sur sa poitrine.

Il enroula ses bras autour d'elle.

— Ne t'inquiète pas, Penny. Je fais ça depuis un moment. Je sais rester en sécurité. Je m'inquiète plus pour toi. Promets-moi que tu resteras à la maison pendant mon absence.

Elle se recula suffisamment pour voir ses yeux. Ils étaient emplis d'inquiétude. Elle voulait apaiser la tension entre ses sourcils. Seulement… Elle ne pouvait pas tomber dans le piège où elle était tombée avec son frère et sa meute. Il était temps d'être fort.

— Désolée, je ne peux pas promettre ça.

Ses yeux s'écarquillèrent.

— Qu'est-ce que c'est censé vouloir dire ?
— Je ne suis pas une enfant qui a besoin d'être dorlotée. Je ne serai pas non plus prisonnière de ma propre peur ni de la tienne.
— Je ne t'enferme pas. Je te demande juste de rester à l'intérieur pendant mon absence.

Elle caressa ses joues.

— Ça va aller.

— Le danger...

— ... est aussi grand pour toi que pour moi. Dois-je te dire de rester ici et de te recroqueviller sur toi-même ?

Il pinça les lèvres.

Elle continua.

— Et qui a dit que j'étais en sécurité dans cette maison ? Kline sait que nous sommes ici. S'il n'est pas du genre à faire le sale boulot lui-même, on ne peut pas prédire qui se présentera, ni quand.

— Je devrais rester avec toi.

— Tu ne négligeras pas ton travail parce que nous venons de nous mettre en couple, et que tu joues les surprotecteurs.

— Je ne peux pas m'en empêcher.

Il s'éloigna d'elle, les poings serrés.

— Ce n'est pas du tout raisonnable. Après toutes les critiques dont je t'ai abreuvé, en disant que tu te cachais derrière les autres, j'essaie de faire la même chose.

— Parce que tu t'inquiètes. Ce n'est pas une mauvaise chose.

Il se tenait face au mur. Rigide.

— Pour la première fois, je ne sais pas quoi faire.

Deux pas et Poppy put placer une main sur son large dos.

— Tu vas faire ton travail. Tu vas suivre Kline et

discuter avec lui. Histoire de te rassurer, je te promets de ne pas quitter cette maison sans Darian.

Trop d'orgueil et d'entêtement encourageaient la bêtise. Elle ne devrait pas rejeter les craintes légitimes de Kit. Les garous disparaissaient ici.

— Je suppose que ça me va. Mais seulement parce que je sais que ton frère mourrait avant de laisser quelqu'un toucher à un seul cheveu de ta tête.

— Tout ira bien.

Elle avait parlé doucement en l'embrassant. Si seulement elle croyait à son propre mensonge.

Un nœud de malaise tourmentait son estomac lorsque Kit partit, déterminé à affronter Kline.

Darian se tenait à ses côtés alors qu'ils le regardaient partir dans le gros camion. Ce n'était pas vraiment discret.

Un frisson la parcourut, et elle passa ses bras autour d'elle-même.

— J'ai un mauvais pressentiment.

Peut-être aurait-elle dû insister pour le rejoindre.

— Ce connard est sournois. Il ira bien, répondit son frère en mettant un bras autour d'elle.

Elle s'occupa en faisant de la pâtisserie, attendant les textos de Kit. Il la tenait au courant régulièrement.

En bas de la rue. Pas de mouvement.

Elle avait dû faire quelques changements à cause de la gamme qui n'était pas des plus idéales.

Alors qu'elle mettait les muffins au four, la sonnerie suivante la fit trébucher pour attraper son téléphone.

La sedan vient de partir. Je la suis.

Elle s'éloigna de la cuisine, la minuterie réglée sur son téléphone, et trouva son frère penché sur l'ordinateur portable de Kit.

— Qu'est-ce que tu cherches ?

— Des informations. Ton compagnon a des dossiers sur la situation qui offrent une lecture intéressante.

— Qu'as-tu trouvé ? demanda-t-elle, faisant semblant d'être intéressée alors qu'elle regardait par la fenêtre comme si elle savait que Kit pouvait arriver à tout moment.

— Ce n'est pas la première meute à disparaître. Kit a plusieurs dossiers, certains remontent à plusieurs décennies.

— Des décennies ?

Elle cligna des yeux.

— Et le Lykosium ne le remarque que maintenant ?

— On ne peut pas leur en vouloir. Aucune de ces meutes n'a jamais signalé quoi que ce soit d'anormal. Elles se sont juste évanouies.

— Comme la nôtre, marmonna-t-elle. Est-ce que les mêmes personnes sont derrière ça ?

— Le fichier ne le dit pas. Mais je sais que Kline n'est pas vraiment assez vieux pour être responsable de l'anéantissement de la nôtre. Il aurait eu environ dix ans à l'époque.

— Gérard aurait été assez vieux, dit-elle entre ses lèvres pincées.

Darian attrapa ses mains froides et les serra.

— S'il est vivant, nous le retrouverons. Nous ne le laisserons pas s'en tirer comme ça.

Elle se laissa aller à son réconfort et à sa promesse pendant un moment avant de s'exclamer :

— Nous devrions faire quelque chose !

— C'est ce que nous faisons. Nous étudions le dossier, dit-il avec un geste vers l'ordinateur portable.

— Nous en avons déjà assez parlé. Nous avons besoin de nouvelles informations. De nouveaux indices.

Alors qu'elle faisait les cent pas dans des va-et-vient serrés, une évidence la frappa.

— Kline a quitté la maison, mais Rose-Marie est peut-être encore là.

— Et ?

— Si on lui met assez de pression, elle pourrait avoir plus à dire sur les activités de son petit ami.

— Je pensais que nous avions décidé qu'elle mentait.

— Oui. Mais pourquoi ment-elle ? Il faut qu'on le sache.

Une fois l'idée dans sa tête, elle se renforça.

— Comment le savoir ? Elle n'a pas laissé de numéro de téléphone.

— Nous allons lui rendre visite. Je me demande si elle aime les muffins.

— Je ne pense pas, non. C'est bien trop dangereux. En plus, j'ai dit à ton rouquin que je te garderai à l'intérieur, là où tu es en sécurité.

Elle lança un regard noir à Darian.

— J'aimerais te voir essayer.

— Allons, Poppy, ne sois pas difficile.

Elle aurait pu lui sauter dessus si son téléphone n'avait pas sonné pour indiquer qu'elle avait reçu un texto.

Dans un club de golf. Kline semble s'arrêter pour déjeuner.

Il leur indiqua également sa géolocalisation. Elle lui renvoya un emoji cœur.

Puis une pêche. Puis une aubergine.

— Je suppose que le rouquin va bien ?

— Parfaitement bien. Bon, tu viens avec moi ou pas ?

Elle éteignit sa minuterie. Pendant que les muffins refroidissaient sur une grille, elle changea de vêtements et se brossa les cheveux. Pendant qu'elle emballait les muffins chauds dans une boîte, Darian soupira un peu, prenant exemple sur Kit.

Ensemble, ils descendirent le trottoir vers la propriété de Kline. En quelques minutes, ils se tirent devant la porte. Elle appuya sur un bouton rouge.

Le moniteur vidéo est resté sombre, mais une voix aboya :

— Que voulez-vous ?

Poppy tint les gâteaux bien en vue.

— Je passe juste dire bonjour à Rose-Marie avec des muffins fraîchement préparés.

— Qui êtes-vous ?

— Mon nom est Poppy Smith, et voici mon frère, Darian. Nous sommes des amis de Rose-Marie. Pourriez-vous lui dire que nous sommes ici ? Je suis sûr qu'elle voudra nous dire bonjour.

Poppy fit son sourire le plus anodin à la caméra, elle n'était absolument pas effrayée, assez curieusement. Comment pouvait-elle l'être en plein jour, avec son frère à ses côtés, alors que Kit était parti affronter le méchant probable de l'histoire ?

Le moniteur ne parla plus, mais la porte bourdonna et cliqua lorsque le loquet se relâcha. La porte roula sur le côté, les admettant dans la propriété.

Poppy fit un pas à l'intérieur, ne voyant aucun signe du garde avec le pistolet, mais sa nuque la picotait. Elle sentait qu'ils étaient surveillés. Elle pouvait aussi sentir la présence de plusieurs personnes distinctes. Plus qu'elle n'aimait. Elle aurait dû demander à Kit combien de personnes étaient parties avec Kline.

Ou conduisait-il lui-même ?

Darian marmonna :

— Il est possible que venir soit une mauvaise idée.

Bien que Poppy soit d'accord avec lui, elle ne le dit pas à haute voix.

— Ça va aller.

— Il vaudrait mieux, ou ton petit ami va me réarranger le visage.

— Sois prêt à charmer ton monde, avertit-elle alors que la porte de la maison s'ouvrait, encadrant Rose-Marie.

Elle portait un pantalon de yoga et un débardeur qui montrait qu'elle ne portait pas de soutien-gorge, ses tétons poussant le tissu. Ses cheveux dorés étaient tirés en arrière en une queue de cheval haute plutôt que lâches comme la veille. Son maquillage semblait impeccable. Elle était également pieds nus, sentait la cigarette et…

Darian siffla :

— Elle ne sent pas le loup.

En effet, aujourd'hui son parfum était composé d'une fragrance lilas et d'une autre humaine. Comment était-ce possible ?

Alors qu'ils s'approchaient de la porte, Poppy fit un sourire aussi éclatant que faux et leva les muffins.

— J'apporte des gâteaux tout juste sortis du four.

— C'est gentil. Vous n'entrez pas ?

La réponse polie de Rose-Marie ne souleva aucun poil sur son corps, et pourtant, son ventre se tordit.

Entrer dans la maison s'avéra déroutant, car cette fois, il n'y avait aucune odeur de garou. Juste des odeurs humaines. Même la cuisine où Rose-Marie les conduisit, avec son immense îlot et ses tabourets luisants, ne dégageait aucune odeur de garou. Comment était-ce possible ? Elle y avait senti deux garous la nuit précédente.

— Qu'est-ce qu'il se passe ici ?

Darian ne prit pas la peine de cacher sa curiosité sous un vernis de politesse.

— Que veux-tu dire ? demanda Rose-Marie, son innocence ruinée par un sourire narquois.

Les lèvres de Poppy se pincèrent alors qu'elle posait les muffins sur le comptoir.

— Laisse tomber ton petit jeu. Nous savons que tu es une menteuse, sans parler d'une humaine. Tu as simulé ton odeur de garou.

— C'est impossible… commença Darian, pour être interrompu par le rire de Rose-Marie.

— Vous les animaux et votre sale flair ! Je ne croyais pas Teddy quand il m'a dit que c'était si simple, mais un petit parfum de loup, et pouf, me voilà accueillie dans votre petit club canin.

L'implication stupéfia Poppy.

— Tu as infiltré la meute locale.

— C'était si facile ! Racontez-leur une histoire triste sur le fait d'être seule et traquée et ils se plient en quatre pour vous faire entrer dans leur meute.

Les yeux de Poppy s'écarquillèrent.

— Tu as attiré ces personnes disparues en leur faisant croire que tu étais l'une d'entre elles.

Ce fut Darian qui repéra l'élément manquant de l'histoire.

— Comment sais-tu qui est garou et qui ne l'est pas ?

— Parce que vous avez une taupe qui était plus qu'heureuse de nous donner un point de départ en échange de bitcoins. Il s'avère que votre espèce aime autant l'argent que les humains.

— Qui ? Qui ferait ça ?

Poppy n'arrivait pas à se faire à l'idée.

— Comme si j'allais vous le dire.

— Dis plutôt que tu ne le sais pas, déclara Darian. Tu n'es qu'une petite employée.

La déclaration surprit Poppy, mais Rose-Marie rétorqua :

— Je suis sa partenaire. Nous avons réussi les extractions ensemble.

Avec cette confirmation, la rage de Poppy explosa.

— Qu'est-ce que tu leur as fait ?

— Moi ? Rien. Mon travail consiste à les amener à baisser leur garde pour qu'ils soient capturés. Ce qui se passe après ne me regarde pas.

Darian exulta :

— Ne mens pas. Tu sais pourquoi ton copain les veut.

— C'est toi qui as tort. Teddy ne s'intéresse pas à tes amis à fourrure. La seule chose qui compte, c'est l'argent. Il est ce que l'on pourrait appeler un expert en acquisition pour les gens qui recherchent une expérience unique.

Poppy ne voulait même pas savoir ce que cela signifiait. Son estomac se retourna.

— Vous n'allez pas vous en tirer comme ça. Le Lykosium vous a à l'œil, prévint Darian.

Ce qui fit rire Rose-Marie.

— C'est plutôt nous qui avons l'œil sur votre précieux conseil. À votre avis, d'où vient la taupe ? C'est comme ça qu'on a su que vous étiez en ville. J'admets que je pensais que vous seriez plus difficile à capturer, mais vous voilà, juste entre mes mains.

— Dis-moi qui c'est ! Darian bondit, mais pas assez vite pour l'athlétique Rose-Marie, qui s'écarta en riant.

— N'essaie même pas, loup-garou. J'ai quatre gardes armés qui attendent de vous arrêter.

— Tu ne t'en tireras pas comme ça, déclara Poppy. Kit sait que nous sommes ici.

— Le rouquin ? Le grand patron était super excité quand il a vu une photo de lui. Teddy a promis de le faire venir et a été ravi quand il l'a vu rôder, un peu plus tôt. Au moment où nous parlons, Teddy a probablement déjà capturé votre ami.

De la glace coula dans ses veines. Poppy murmura :
— Non.

— D'une seconde à l'autre, j'imagine que Teddy m'enverra un texto pour me faire savoir qu'il a été tagué et déplacé.

— Déplacé où ? Où emmène-t-il Kit ?

Poppy s'avança pour plonger sur la femme, prête à lutter pour obtenir des réponses, seulement pour se figer lorsque Rose-Marie sortit une arme de derrière le comptoir.

— Ne bouge pas. Ou bouge et meurs. C'est toi qui vois.

— Tu vas tirer sur nous deux ?

— Sur l'un de vous pour sûr, ce qui fera venir les gardes. La question est, sur qui dois-je tirer ? Et juste pour que vous soyez au courant, je sais déjà par expérience que le sang se nettoie très bien sur ce sol.

— Tu as intérêt à bien viser, parce que si tu ne me tues pas, tu mourras deux secondes plus tard, menaça Poppy.

— Elle ne le pense pas, dit Darian en levant les mains. Ne tire pas.

Poppy le regarda fixement.

— Qu'est-ce que tu fais ?

— Je t'empêche de te faire tirer dessus.

— Elle va faire pire si elle nous capture !

Son sang ne fit qu'un tour.

— Fais-moi confiance.

Poppy aurait pu se disputer avec lui, mais elle faisait implicitement confiance à son frère. Il devait avoir un plan. Rose-Marie semblait triomphante et déclara à son système de surveillance à domicile :

— Alfred, envoie la sécurité à la cuisine.

Une Intelligence Artificielle répondit :

— Tout de suite, madame.

Au fil des secondes, l'anxiété de Poppy grandit. Kit avait besoin d'elle, et ils perdaient du temps avec cette psychopathe. Mais comment s'en sortir sans se faire tirer dessus ?

Le bruit de pas précéda l'apparition de deux hommes, aucun des deux en uniforme.

— Qui êtes-vous ? Où sont Derrick et Gavin ? demanda Rose-Marie.

Hammer haussa un sourcil en pénétrant dans la pièce.

— Tu veux parler de ces crétins qui font la sieste dans le jardin ? Je les virerais pour dormir au travail, si j'étais toi.

L'arme pivota vers Hammer.

— Sors de chez moi !

— Pas sans mes amis, répondit Hammer en croisant les bras.

— Un autre chien. C'est mon jour de chance, ricana Rose-Marie, manifestement plus stupide qu'elle n'en avait l'air, car une arme n'arrêterait pas trois garous.

Néanmoins, trois garous pouvaient distraire Rose-Marie pendant que Lochlan se faufilait par derrière et enroulait un bras autour d'elle, tirant le bras qui tenait le pistolet vers le bas, rendant ce dernier inoffensif.

— Personne ne t'a jamais dit que ce n'était pas bien de tirer sur des gens qui t'amènent des muffins ? grommela Lochlan.

— Je savais bien que j'avais senti l'odeur de la cuisine de Poppy.

Hammer ignora Rose-Marie et tourna son attention vers les muffins sortis du four.

— Nous n'avons pas le temps pour ça ! s'exclama Poppy. Kit est en danger.

Elle lui envoya un SMS. *Va-t'en. C'est un piège.* Mais il ne répondit pas.

Darian prit les choses en main.

— Lochlan, sécurise cette femme et la maison pendant que nous rattrapons l'exécuteur.

— Vous n'allez pas vous en tirer comme ça !

Le cri de Rose-Marie était strident.

— Ha, nous nous en sortons avec toutes sortes de conneries depuis plus longtemps que les livres d'histoire ne s'en souviennent, déclara Hammer.

Rose-Marie hurla :

— Je vais vous...

Lochlan l'interrompit en plaçant sa main sur sa bouche.

— Vous êtes sûrs que nous devons la garder en vie ? se plaignit-il.

— Oui. Elle est au courant pour les garous disparus.

Même l'admettre laissait un arrière-goût désagréable dans la bouche de Poppy.

Pendant que Lochlan s'occupait de Rose-Marie, Hammer, un muffin dans chaque main, suivit les autres hors de la maison.

Il avait les clés de la voiture et insista pour entendre leur histoire pendant qu'il conduisait.

À la fin du récapitulatif, Hammer siffla.

— Les humains ont trouvé un moyen d'imiter l'odeur des garous. Ce n'est pas bon.

— Ce n'est pas vraiment surprenant, étant donné que nous savions déjà que les forces de l'ordre de Lykosium peuvent camoufler les leurs, ajouta Darian.

C'était pour ça qu'ils faisaient de si bons espions.

— Qu'est-ce que c'est que ce Kline qui capture les garous, par contre ?

Hammer posa la question la plus pertinente.

— Et plus important encore, comment quelqu'un pourrait-il réellement nous trahir ? Les membres du Lykosium sont censés protéger. Si nous ne pouvons pas leur faire confiance...

Darian ne finit pas sa phrase, car ils savaient tous ce qu'il pensait. Si les membres du Lykosium n'étaient pas dignes de confiance, ils étaient bel et bien foutus. Poppy se demanda si les autres meutes avaient été décimées à cause de cette trahison.

— Comment nous avez-vous trouvés ? finit par demander Darian alors que Hammer grillait un feu orange, qui passa au rouge avant qu'ils aient fini de traverser l'intersection.

— J'ai suivi mon nez, dit en Hammer tapotant sur le côté de celui-ci. La voiture a été réparée plus rapidement que prévu. On remontait la rue au moment où vous partiez, alors on s'est dit qu'on allait vous suivre. Histoire de garder un œil sur vous. Une bonne chose, finalement.

Une bonne chose en effet.

Leur timing n'aurait pas pu être meilleur.

Malheureusement, ils avaient perdu trop de temps avec Rose-Marie, car ils arrivèrent trop tard au club de golf.

Teddy et Kit étaient déjà partis.

CHAPITRE DIX-NEUF

Kit tapota le volant du camion en regardant Teddy entrer dans le restaurant du club de golf. C'était un homme trapu, bien que ce soit parce qu'il avait des muscles et non de la graisse.

Quelque chose dérangeait Kit. Et ce n'était pas seulement le fait qu'il avait laissé sa nouvelle compagne seule si près du territoire ennemi.

Toute cette situation puait à plein nez. C'est en pensant cela que quelque chose le frappa. L'odeur de Rose-Marie. L'odeur de loup. Il n'avait aucun doute que c'était une odeur de garou, mais il lui vint à l'esprit qu'il ne l'avait pas une seule fois flairée dans le jardin. Ni au bord de la piscine ni sur le patio. Cette femme avait sûrement passé du temps à l'extérieur. Il avait senti plusieurs odeurs humaines, mais pas d'odeur de loup.

Cela signifiait-il quelque chose ? Sa main se posa sur le contact, et il était sur le point de démarrer le camion et de retourner vers Poppy lorsqu'une voiture aux vitres teintées se gara sur le parking. Plutôt que de s'arrêter sous le portique, elle se dirigea tout droit sur le côté du bâtiment.

Cette voiture n'avait peut-être pas de lien avec Teddy. Néanmoins... Il était venu faire un travail. Il allait s'en vouloir s'il gaspillait cette opportunité à cause d'une panique irrationnelle.

Surtout que Poppy lui avait répondu tout de suite. Avec des emojis.

Il rangea le téléphone et sortit du camion. Content d'avoir mis sa cravate, Kit se précipita dans le club. Il fut arrêté par le maître d'hôtel qui le regarda de haut en bas.

— La salle à manger est réservée aux membres.

Kit lui glissa un billet de cent dollars.

— Je ne serai là qu'une minute. Je dois parler à monsieur Kline.

À sa grande surprise, l'homme n'accepta pas le pot-de-vin.

— Mon travail vaut plus qu'un simple billet.

— Je vais vous dire, pourquoi ne demandez-vous pas à monsieur Kline s'il aimerait me parler ? Dites-lui que le conseil m'a envoyé.

Quiconque aurait eu affaire à des garous, même un humain qui les aurait enlevés, aurait entendu ce terme. Et s'ils étaient intelligents, ils le craignaient.

Le maître d'hôtel pinça les lèvres, mais prit le billet et entra dans la salle à manger. Il revint peu après et inclina la tête.

— M. Kline vous invite à vous joindre à lui et à ses invités.

Des invités ? Ce n'était pas idéal. Kline serait plus méfiant devant ses acolytes.

Alors que Kit commençait à suivre le serveur snobinard, une odeur, familière sans vraiment l'être pour autant, le frappa. Cela raviva ses souvenirs, et pendant une seconde, son passé lui revint.

La main pénétra dans la cage et l'en tira par la peau du cou. Il se balança devant un mâle souriant, son odeur terrifiant son petit corps. C'était le chasseur qui avait tué sa mère et l'avait capturé.

Kit s'éclaircit la gorge.

— Où sont les toilettes ?

Avant d'attendre une réponse, il s'éloigna et se dirigea vers le couloir où les toilettes étaient discrètement indiquées. Le club chic avait des toilettes individuelles, ce qui signifiait qu'il pouvait s'y enfermer et prendre un moment pour respirer.

Il était sous le choc. Comment était-ce possible ? L'homme responsable du meurtre de sa famille était mort il y avait de cela des décennies. Pourtant, il reconnut cette odeur. Il ne l'oublierait jamais.

Si le chasseur vivait encore, alors quelqu'un avait menti.

Il s'aspergea le visage d'eau avant d'appeler Luna et d'aboyer :

— Qu'est-ce que c'est que ce bordel ? Il n'est pas mort.

— Qui n'est pas mort ? fut sa réponse.

— Le chasseur. Celui qui m'a gardé en cage.

Il y eut un silence de mort à l'autre bout du fil avant qu'elle ne murmure :

— Tu es sûr que c'est lui ?

— Putain de sûr, oui. Tu veux m'expliquer comment c'est possible ?

— Ça ne devrait pas l'être. Toutes les personnes présentes ce jour-là ont été exterminées.

— J'entends un « mais ».

— Le rapport que j'ai reçu par la suite indiquait qu'une voiture avait quitté les lieux au début de la chasse.

Il fouilla ses souvenirs, essayant de se rappeler si ceux qui l'avaient poursuivi avaient inclus celui qui l'avait mis en cage. Il était si jeune. Si effrayé.

— Tu veux dire, après tout ce temps, que le bâtard qui a tué ma mère et mes frères et sœurs est peut-être encore en vie ?

— Nous avons supposé que celui qui s'était échappé avait reçu le message, étant donné ce qui était arrivé aux autres chasseurs.

— Vous avez mal pensé, grogna-t-il. Il est là. Maintenant. Et c'est probablement lui qui est de mèche avec ce putain de Kline.

— Sors de là, s'exclama Luna. Va chercher les loups de la Meute sauvage que tu as amenés avec toi et pars. Maintenant. C'est un ordre.

— Tu sais que je ne peux pas faire ça.

— Cette situation est plus complexe que nous ne l'imaginions.

— Cette situation doit être résolue.

— Alors attends les renforts.

— Ceux qui ont déjà été capturés pourraient mourir.

— Ils sont probablement déjà morts, lâcha-t-elle. Et tu le seras aussi si tu ne m'écoutes pas.

— Nous sommes dans un lieu public. Ça va aller.

Physiquement, peut-être, mais mentalement, il accusait le coup.

— Kit.

Il la coupa.

— C'est mon travail. Tu te souviens ? Protéger le secret garou à tout prix.

— Perdre ta vie n'en vaut pas la peine.

Il eut un petit rire moqueur.

— De tous les garous, ma vie est celle qui a le moins de valeur. Je t'appelle plus tard.

Il raccrocha et ignora l'appel de Luna. Il mit le téléphone en mode silencieux et le glissa dans sa poche. Il fit une grimace à son reflet dans le miroir au-dessus du lavabo.

Devrait-il s'en aller ? Hier, il aurait été facile d'y aller. Après tout, qui se souciait de la vie d'une abomination ? Mais aujourd'hui, il s'était réveillé en couple avec une femme qui avait besoin de lui. Perdre Kit la briserait.

Il ne pouvait pas simplement laisser ces connards s'en tirer avec leurs actions.

Que faire ?

Quand il sortit des toilettes, il avait son téléphone

en mode appareil photo. Luna avait raison. Il ne pouvait pas tout foutre en l'air, pas avec Penny si proche. Il prendrait quelques photos, puis irait retrouver sa compagne et son frère pour élaborer un meilleur plan d'attaque.

Il ouvrit la porte de la salle de bains pour trouver un homme, qui avait vieilli, mais arborant le même sourire narquois qu'autrefois.

— Nous nous retrouvons, renard.

Avant que Kit ne puisse réagir, quelqu'un à sa gauche le piqua avec une aiguille. Un coup d'œil sur le côté suffit à voir Teddy pousser le piston de la seringue. Kit réagit en le frappant, mais pas avant que la majeure partie de la drogue n'ait pénétré son système.

Une piqûre de l'autre côté vint d'un autre homme de main. Pendant tout ce temps, le chasseur continuait à le regarder, suffisant.

— Que dirais-tu que nous terminions la chasse que tu as ruinée il y a toutes ces années ?

CHAPITRE VINGT

Le vieux camion était sur le parking du club de golf. Cependant, il leur fut impossible de trouver Kit, malgré une fouille approfondie des lieux. Ce n'était pas une chose facile à faire, étant donné que le connard pompeux qui était chargé des réservations avait menacé d'appeler la police.

Hammer se pencha sur le pupitre :

— Vas-y, tête d'épingle. Appelle les flics, et ensuite tu pourras leur expliquer pourquoi vous servez de la soupe aux ailerons de requin. Ce qui est un crime majeur, soit dit en passant. Tout comme servir toute viande d'animaux sauvages. Et est-ce juste moi, ou est-ce que je sens aussi la tortue de mer ?

L'homme, dont le badge indiquait qu'il se nommait Corey, blêmit.

— Je ne sais pas de quoi vous parlez. Nous n'avons que du bœuf et du poulet au menu.

— Je m'y connais en viande, et ce n'est pas ce que vous servez.

Hammer parlait d'une voix douce, son ton contrastait avec son regard d'acier.

— Je me demande combien d'années tu vas prendre pour complicité de trafic illégal et de consommation d'espèces sauvages protégées.

Corey cessa immédiatement d'essayer de composer le numéro de téléphone.

— Le type que vous cherchez est parti.

— Parti où ? demanda Poppy un peu trop désespérément.

Le gars haussa les épaules.

— Je ne sais pas. Il est venu ici pour parler à monsieur Kline. Il est allé aux toilettes et n'est jamais revenu.

Il avait donc été repéré.

Darian eut la présence d'esprit de demander :

— Qui était avec Kline ?

Devant l'hésitation de Corey, Hammer lui fit un affreux sourire.

Corey vida son sac :

— Je ne connais pas son nom, je sais seulement qu'il est important. Il entre par l'entrée VIP et rencontre M. Kline tous les deux mois. Aujourd'hui, ils ne sont pas restés pour manger. Ils sont partis à peu près au moment où votre ami a disparu.

— Décris le compagnon de Kline.

Corey se lança dans une vague description. Le type semblait avoir la cinquantaine ou la soixantaine, avec des cheveux courts poivre et sel. Il parlait bien, même s'il traitait le personnel comme de la merde.

Lorsque le groupe émergea du club de golf, les épaules de Poppy s'affaissèrent. Darian passa son bras autour d'elle.

— Nous le trouverons.

Elle souhaitait avoir son optimisme.

— Comment ? murmura-t-elle.

La réponse la frappa.

— Ses puces électroniques ! Luna saura comment le retrouver.

— Elle le pourrait probablement, déclara Darian. Le problème, c'est de pouvoir la contacter. Le Lykosium n'aime pas être contacté directement. D'après ce que j'ai compris, il existe un système archaïque pour leur laisser un message, et on est ensuite censé attendre d'avoir une réponse.

Aussitôt, son espoir s'envola. Ils ne pouvaient pas se permettre d'attendre. Ils avaient besoin de contacter Luna tout de suite. La seule personne qui pourrait savoir comment était Rok. Après tout, c'était Luna qui l'avait élevé au rang d'Alpha et leur avait donné le statut de meute déclarée.

Elle appela leur Alpha alors que Darian les ramenait à la maison de Kline. Elle lui expliqua la situation à Rok, l'a coupé quand il a râlé, puis l'a remercié lorsqu'il déclara :

— Je vais essayer de contacter Luna.

— Tu as son numéro ?

— Non, mais le Lykosium m'a donné un moyen de les contacter en cas d'urgence.

Après avoir raccroché, il lui vint à l'esprit qu'il était inutile d'avoir un groupe chargé de les protéger qui ne pouvait pas être contacté lorsqu'il le fallait.

Les grilles de la propriété de Kline étaient ouvertes et ils entrèrent directement avec la voiture. Lochlan était assis sur les marches du perron, l'air agacé. Comme d'habitude.

Alors qu'ils sortaient des voitures, sans Kit, Lochlan grogna :

— Elle est dans le bureau.

Darian hocha la tête.

— Merci. Surveillez Poppy, voulez-vous, pendant que j'ai une conversation avec Rose-Marie.

— Je viens avec toi, insista-t-elle, ce qui conduisit tous les hommes à dire d'une seule voix :

— Non.

Elle croisa les bras.

— Pourquoi pas ?

— Parce que.

Réponse stupide de Darian.

— Je ne suis pas stupide. Je sais que tu vas probablement devoir lui faire du mal pour qu'elle divulgue ses secrets.

— Alors tu comprends pourquoi nous ne voulons pas que tu regardes.

Elle comprenait. Ils la croyaient incapable de le supporter.

Trop fragile.

Trop brisée.

Trop faible.

Et elle l'avait été un temps, mais maintenant...

— Je ne me cacherai plus ! cria-t-elle.

Elle pointa la maison du doigt.

— Cette garce à l'intérieur sait où est mon compagnon, et quand j'en aurai fini avec elle, elle aura vidé ses putains de tripes, au propre comme au figuré.

Poppy passa devant les hommes qui étaient restés bouche bée et entra dans la maison.

S'ils se mettaient en travers de son chemin, ou essayaient une fois de plus de la traiter comme une délicate petite chose, elle ne serait pas responsable de l'effusion de sang.

La porte du bureau était fermée. Elle l'ouvrit bruyamment, ce qui fit sursauter la femme attachée à une chaise. Rose-Marie se détendit quand elle vit Poppy.

Poppy était assez fatiguée que les gens agissent comme si elle n'avait aucune importance, ce fut pourquoi elle inclina la chaise en arrière. Avant qu'il ne touche le sol, elle enjamba Rose-Marie et se pencha plus près de son visage.

— Je vais poser quelques questions. Si tu choisis de ne pas répondre, je casserai une des parties de ton corps. Si tu mens, je le saurai et te casserai un os. Est-ce qu'on se comprend ?

La peur dans les yeux de l'autre femme ne dissuada pas Poppy, pas avec Kit en danger. De plus, ayant elle-même été la captive d'un sadique, elle n'avait aucune sympathie pour quiconque permettait ce genre de choses.

Elle arracha le chiffon de la bouche de la femme.

— Où est Kit ?

— Je ne...

Poppy cogna la tête de Rose-Marie contre le sol.

— Essayons encore. Où est Kit ?

— Au club de golf.

— Faux. Il était parti quand nous sommes arrivés.

Rose-Marie lécha ses lèvres.

— Je suppose que le plan de Teddy de le capturer pour son patron a fonctionné.

— Où ton copain l'a-t-il emmené ?

Plutôt que de répondre, Rose-Marie changea de sujet :

— Est-ce que tu vas faire du mal à Teddy ? Il ne faisait qu'obéir aux ordres.

— Des ordres qui blessent les gens. Donc, oui, il va s'en prendre une, pas moyen d'éviter ça. Et toi aussi si tu continues de changer le sujet. Qui est son chef ?

— Le Chef. C'est la seule manière dont je l'ai entendu l'appeler. Il est censé être super riche et a un faible pour la capture de loups-garous. Teddy dit que c'est la deuxième ville où il travaille pour lui.

La deuxième. Ce qui impliquait que cela s'était produit ailleurs, avec d'autres. Écœurant, mais cela ne la découragea pas.

— Pourquoi les veut-il ?

Une hésitation, avant qu'une Rose-Marie abattue ne murmure :

— Pour chasser. Selon Teddy, le patron et ses copains sont de grands amateurs de trophées.

— Ton petit ami participe à l'extermination de mon peuple ?

Rose-Marie essaya de secouer la tête.

— Non, ce n'est pas le truc de Teddy. C'est l'œuvre du chef. Il organise des fêtes spéciales pour ses amis. Le genre qui peut payer beaucoup d'argent.

— Où se produit cette perversion ?

— Je ne sais pas.

Lorsque Poppy la gifla, Rose-Marie se dépêcha d'ajouter :

— Je ne le sais vraiment pas. Je n'ai jamais été invitée, et Teddy n'y est allé qu'une seule fois avant qu'on se rencontre, il y a des années. Il n'a pas pu me montrer de photos puisqu'elles sont interdites, mais il m'en a parlé. Il dit que l'endroit est effrayant. Le boss aime faire empailler les animaux qu'il tue. Teddy dit qu'il avait quelques ours et des cerfs, mais le patron a surtout les loups. Oh, et des renards géants.

Ce dernier point piqua la curiosité de Poppy.

— Qu'est-ce que tu veux dire par « renards géants » ?

Elle haussa les épaules.

— Peut-être que c'est juste la personne qui les a empaillés qui les a fait paraître plus gros. Tout ce que je sais, c'est que Teddy m'a dit qu'il n'en avait jamais vu d'aussi gros. Le chef en a soi-disant toute une famille exposée, une renarde et un groupe de petits.

Ça ne pouvait pas être...

Une coïncidence sûrement, et pourtant, elle ne pouvait s'empêcher de se souvenir de l'étrange parenté de Kit. Kit, qui avait autrefois été chassé.

Serait-ce le même homme ?

— Que peux-tu me dire d'autre ? Je veux tout savoir.

Très peu de choses. Dans la ville précédente, Teddy avait reçu une liste de noms. On lui avait dit de rassembler ces personnes et de ne pas se faire prendre. Cela avait pris trois ans. Cette fois-ci, il avait eu moins de choses à faire jusqu'à ce que le chef donne à Teddy une odeur de loup créée sur mesure. Utilisée comme parfum, elle permit à leurs cibles de faire confiance à Rose-Marie et de ne jamais se douter qu'elles se faisaient prendre au piège.

Quand Poppy finit de poser ses questions, son estomac était noué et le désespoir l'avait envahie. Elle était toujours accroupie au-dessus de la femme et se releva, ignorant Darian, qui avait gardé le silence pour une fois, pendant qu'elle obtenait des réponses qui n'amélioraient pas la situation. Elle n'était pas plus près de localiser Kit et s'inquiétait plus que jamais.

Lorsqu'elle s'éloigna de Rose-Marie, celle-ci retrouva une partie de son arrogance.

— Teddy ne vous laissera pas vous en tirer comme ça. Quand il découvrira ce que tu m'as fait, il s'occupera de toi.

Hammer entra alors dans le bureau :

— J'en doute fort.

Il tenait son téléphone.

Avant que Poppy ne puisse lire l'écran, il dit :

— Apparemment, Théodore Kline a eu une crise cardiaque en conduisant. Sa voiture s'est écrasée dans un immeuble. Il n'a pas survécu.

Ainsi disparut son dernier espoir de retrouver Kit.

Elle poussa un hurlement de loup. De loup frustré et en colère.

Quand son téléphone se mit à sonner, sa première impulsion fut de l'attraper pour le jeter contre le mur. Avec puissance.

Il lui fallut de la retenue pour jeter un coup d'œil à l'écran.

Numéro inconnu.

Elle répondit.

— Bonjour ?

— Est-ce Pénélope ? demanda la voix féminine à l'autre bout du fil.

— Qui la demande ?

— Luna. Je n'arrive pas à joindre Kit et je suis inquiète.

Elle ferma les yeux et son menton retomba.

— Kit a été enlevé par un chasseur de garous.

— Alors je suppose que nous ferions mieux de le récupérer.

CHAPITRE VINGT ET UN

La désorientation assaillit Kit alors que ses yeux s'ouvraient. Avec effort, devrait-il ajouter. Ils étaient lourds, comme lestés de pierres. Il les élargit suffisamment pour pouvoir voir quelque chose de flou, cligna des yeux pour les humidifier, puis les rouvrit.

Il aurait en quelque sorte souhaité que sa situation reste floue. Il ferma les yeux et prit quelques profondes inspirations. Se battant contre la panique. Détestant la peur qui s'infiltrait en lui.

Il ne le laisserait pas prendre le dessus. Il ne le pouvait pas, ou il serait perdu. Ce n'était pas le moment de perdre sa concentration ou d'agir imprudemment.

Mais il était difficile de se rappeler d'être calme lorsqu'il se laissa enfin regarder les barreaux qui le piégeaient dans un endroit trop petit pour se tenir debout ou s'étirer de toute sa longueur. Il avait les genoux collés à sa poitrine.

Une putain de cage.

Non. Pas encore. La seule pensée le fit paniquer, sa respiration s'accéléra.

Calme. Reste calme, putain.

C'était tellement dur, pourtant.

Je ne peux pas bouger.

Il était peut-être enfermé, mais il gardait son sang-froid. Ignorant les barreaux, il fit le point sur d'autres choses, à commencer par sa nudité.

La bonne nouvelle : il ne ressentait aucune douleur due à un sondage anal, des piqûres d'aiguille ou des morceaux manquants. De telles choses ne lui étaient jamais arrivées auparavant, mais Kit avait sauvé quelques garous qui avaient été capturés par des humains et auxquels il était arrivé de mauvaises choses.

Les murs en parpaings et la seule fenêtre, étroite et surmontée de barreaux, démontraient que sa prison était située dans un sous-sol. Une prison où il n'était pas seul, remarqua-t-il : d'autres cages contenaient des gens.

Une fois qu'il le vit, il ne put détourner le regard. La terreur sur leur visage le glaça. Leurs expressions blafardes et désespérées décimèrent tout espoir. Certains le regardaient avec de grands yeux. Quelques-uns dormaient. D'autres encore, dont l'un n'était qu'un enfant, se recroquevillaient et tremblaient en pleurant en silence.

Il compta dix cages, et seulement sept occupées. Au dernier décompte, la meute décimée comptait plus de dix-sept personnes.

Dix-sept garous avaient disparu, et pas un seul n'avait été signalé au Lykosium. La situation aurait pu passer inaperçue s'il n'avait pas cherché un schéma, le même qui était arrivé à l'ancienne meute de Penny.

Et à sa famille.

Comment cela pouvait-il se produire ? Comment pouvait-il se retrouver à nouveau prisonnier de l'homme qui avait tué tous ceux à qui il tenait ? Qui avait failli tuer Kit...

Cette fois, le chasseur pourrait bien réussir. Kit ne pouvait qu'espérer avoir une chance de riposter. S'il réussissait à se détacher avant que ses muscles ne s'affaiblissent, il montrerait au chasseur qui dominait dans la chaîne alimentaire.

L'escalier grinça lorsque quelqu'un descendit, lui rappelant le passé, où un escalier différent avait fait des bruits similaires.

Ce ne serait pas comme la dernière fois. C'était plus une prière qu'un fait. Mais le petit enfant était devenu un homme. Un homme fort. Il pouvait se battre.

S'il pouvait s'échapper de la cage.

Les pas s'approchaient par derrière. Il avait juste assez de place pour qu'il puisse se tourner pour voir, mais cette action démontrerait de l'intérêt. *Ne jamais attirer l'attention.* La règle que sa mère lui avait enseignée, car c'était tout ce qu'elle pouvait faire quand le chasseur avait attrapé la famille.

La première fois, elle s'était rendue pour que ses petits puissent survivre un peu plus longtemps. Mais ils étaient jeunes, alors le chasseur les avait emprisonnés dans une pièce, attendant qu'ils grandissent pour qu'ils puissent lui offrir un vrai sport.

Il faisait toujours des cauchemars à propos de cette pièce au sous-sol, avec les couvertures en lambeaux, les bols en métal et le seau dans lequel ils avaient dû se soulager.

Il y avait vécu pendant... Il n'avait jamais su combien de temps, parce qu'à l'époque, il n'avait aucune notion du temps. Ses souvenirs de ces jours désespérés étaient un flou de sa mère alors qu'elle essayait d'apprendre à ses petits comment survivre. Au fur et à mesure qu'ils devenaient plus forts et plus intelligents, ils avaient élaboré un plan d'évasion. Ils étaient sortis de cette prison, laissant leur gardien dans une mare de sang et de nourriture pour chien renversée. Ils étaient arrivés dans les bois avant que le chasseur ne s'en aperçoive.

L'aboiement des chiens avait été leur premier avertissement. Le tonnerre de nombreux sabots avait ensuite révélé que leur ravisseur ne les poursuivait pas seul.

Sa mère était morte en essayant de protéger Kit et les autres. Bien qu'elle ait été une vaillante renarde, elle n'avait pas pu s'imposer face à quatre hommes adultes armés de fusils et de lances acérées. En essayant de la défendre, Kit avait été blessé. Ils l'avaient tous été. Mais le chasseur les avait soignés pour pouvoir les relâcher pour le sport et les tuer un par un.

L'homme responsable de la perte de sa famille se tenait devant sa cage, souriant.

— J'ai toujours espéré qu'un jour nous nous reverrions, Tristan.

Le nom lui fit un coup au cœur. Parce que c'était le nom que sa mère lui avait donné. Oublié à cause du traumatisme. Et ce nom resterait mort, car Tristan avait cessé d'exister le jour où sa mère était morte.

Il ne dit rien.

— Tu m'ignores ? Je vois que tu n'as pas changé. Seul ton frère ne se taisait jamais. Comment s'appelait-il déjà ? Ronny ? Roddy ?

Kit ferma les yeux lorsque le nom lui revint. Robert.

— Tu sais comment vous vous êtes retrouvés sous ma garde il y a tant d'années ?

Il écoutait avec impatience.

— Tu peux blâmer votre père. Il chassait dans mes bois et braconnait mon gibier quand je l'ai attrapé. Imagine ma surprise quand il s'est transformé en homme.

— Il a brisé le code.

— Il ne s'est pas contenté de dévoiler votre secret de garous, il l'a réduit en miettes. Il m'a tout raconté pour sauver sa peau. Même le fait qu'il était marié et avait un tas d'enfants. Qui étaient des bêtes, tout comme lui.

Cela le tuait de savoir que le père dont il ne se souvenait pas avait été trop lâche pour assurer leur sécurité. Kit préférerait mourir que de de révéler le moindre secret.

— Ta mère a failli m'échapper. Si elle était arrivée au ruisseau ce jour-là, j'aurais probablement perdu votre trace. Mais la chance était de mon côté, et je vous ai tous attrapés.

— Tu vas payer pour ça.

Ce ne serait peut-être pas Kit, mais quelqu'un tuerait ce monstre. Luna, très probablement. Elle l'avait sans doute déjà trouvé grâce aux puces électroniques et préparait son sauvetage. Ou du moins il l'espérait. Elle ferait mieux d'agir rapidement. Il n'avait pas l'impression que le chasseur attendrait longtemps.

— Tu as bien grandi depuis la dernière fois que nous nous sommes vus. Tu avais, quoi, cinq, six ans, quand tu t'es échappé ?

— Trop vieux pour t'en souvenir ? se moqua-t-il.

— Les dames me trouvent distingué.

L'homme avait mûri, ses cheveux étaient plus blanc grisâtre que sombres, mais il était malgré tout d'une beauté agaçante.

— Tu es sûr qu'elles ne parlent pas de ton argent, plutôt ?

— Ça ne peut pas être les deux ?

— Je vois que tu es toujours un connard sadique.

— Tout le monde a besoin d'un passe-temps.

La gaieté de l'homme l'agaçait. Il était aussi mielleux qu'avant, peut-être même plus.

— Tu ne vas pas t'en tirer comme ça.

— Je l'ai déjà fait. Ne me dis pas que tu attends des

secours. Je déteste te le dire, Tristan, mais ils ne pourront jamais te localiser. Nous avons déjà désactivé les puces qui se trouvaient dans ton corps. Je dois admettre que cette technologie est assez ingénieuse et que je serai plus vigilant avec nos prochains visiteurs.

— C'en est fini de tes jeux sadiques, cracha Kit.

— Là-dessus, tu te trompes. Nous savons tous les deux qu'il y a beaucoup plus de loups. Pas de renards, cependant. Il semble que votre petite famille était une rareté. J'avoue que si j'avais pensé un instant que tu survivrais jusqu'à l'âge adulte, je ne t'aurais pas stérilisé. Tu aurais fait un reproducteur intéressant.

Il était parti de l'hypothèse qu'il était né incapable de féconder une femme. Kit faillit vomir en comprenant comment il s'était fait voler.

— J'espère sincèrement que tu mourras dans d'atroces souffrances, dit-il en serrant les dents.

— Tu sais, tu ne serais pas le premier à essayer de me tuer. On m'a tiré dessus, ma maison a été incendiée. Ma propre petite amie a même essayé de me tuer, une fois.

Le chasseur ricanait.

— Ça doit être parce que tu es un gars tellement sympa.

— C'est le cas. Avec les humains. Mais les animaux ne sont bons qu'à une chose. Je te laisse deviner quoi.

Le chasseur se pencha près des barreaux.

— À servir aux humains. Parce que nous sommes l'espèce dominante.

— Est-ce que cette pensée t'aide à dormir la nuit ?

railla Kit, incapable de s'en empêcher. Peut-être qu'il mourrait rapidement, ou que le chasseur voudrait le défier plus tôt que plus tard.

— En parlant d'activités nocturnes, ta petite amie est attirante. Je ne sais pas pourquoi elle se gaspille avec un homme qui ne peut pas remplir son ventre avec un enfant.

Son cœur s'arrêta.

— N'approche pas de Penny !

— C'est toi qui devrais rester à l'écart. Est-ce qu'elle sait que tu ne lui donneras jamais de petits ? Peut-être que quelqu'un devrait lui dire.

Ne pas répondre à cette raillerie cruelle le tua presque. *Ne pas réagir*. Montrer qu'il était affecté encouragerait simplement le chasseur à la poursuivre.

Il réussit à rester impassible jusqu'à ce que le chasseur dise :

— Je ne suis pas trop vieux pour ensemencer la prochaine génération. Et si je t'aidais avec l'imprégnation ? Peut-être que je te laisserai même regarder.

Kit rugit, rendu incohérent par une rage terrifiée.

Le chasseur éclata de rire.

— Hurle tout ce que tu veux. Ça va arriver. Et bientôt. L'indice que j'ai laissé sur l'endroit où tu te trouves assure qu'elle est déjà en route.

Penny venait pour essayer de le sauver ? Cela renforça sa détermination. Il se rassura en sachant qu'elle ne viendrait pas seule. Elle aurait au moins Darian.

UN SECRET LIBÉRÉ

Pourtant, alors qu'il voulait être secouru, il priait également pour qu'elle fasse demi-tour et rentre chez elle.

Parce que quand la mort arriverait, il ne voulait pas qu'elle soit proche.

CHAPITRE VINGT-DEUX

— Combien de temps avant d'y arriver ? se plaignit Poppy.

Gémir l'agaçait au plus haut point. Cependant, elle ne pouvait pas s'en empêcher alors que l'anxiété montait.

Ils s'étaient lancés dans cette dernière étape du voyage après un long vol qui les avait menés à travers le pays et au-delà d'une frontière. Luna les avait retrouvés à l'aéroport, l'air éreinté. Elle restait pourtant séduisante avec ses cheveux aux mèches argentées. Ses yeux troublaient Poppy. Il y avait chez cette femme une altérité qu'elle n'avait jamais rencontrée jusqu'ici. Est-ce que tous les membres du conseil étaient aussi étranges qu'elle ?

Ils louèrent un gigantesque quatre-quatre et se dirigèrent vers un endroit que Luna avait refusé de divulguer, insistant pour conduire elle-même.

— Nous ne sommes plus loin maintenant, annonça cette dernière.

Cette réponse qui n'en était pas une ne fit pas grand-chose pour dissiper le malaise de Poppy, d'autant plus que les panneaux routiers étaient devenus familiers.

Ses ongles s'enfoncèrent dans les paumes de ses mains. *S'il vous plaît, laissez-moi me tromper*. Elle avait espéré ne jamais revenir. Jamais...

Ils sortirent de l'autoroute, et la peur la frappa, car elle avait reconnu l'endroit. Elle connaissait chaque tour et détour de la route qu'ils avaient prise. Après tout, elle s'en était échappée il y a des années avec l'aide de Darian.

— Où nous emmenez-vous ? chuchota-t-elle.

— Je pense que tu connais notre destination finale, dit calmement Luna, confirmant la peur de Poppy.

Le véhicule tourna sur un chemin forestier plein d'ornières, les faisceaux des phares rebondissant sur le feuillage. Ils avaient quitté la route bien avant d'atteindre l'allée bordée d'arbres qui menait à la maison.

La maison qui avait brûlé.

— Pourquoi serait-il venu ici ? Il n'y a rien à voir. Un incendie a tout rasé.

— Ça a été reconstruit l'année dernière, déclara Luna en plaçant le véhicule sur le parking.

Poppy. Ce n'était pas possible. Poppy demanda avec prudence :

— Est-ce Gérard ?

S'était-il échappé de la maison en flammes ? Serait-il possible qu'elle et Kit partagent un passé et un ennemi communs ?

Cela la glaça au plus profond de son âme de s'apercevoir qu'elle avait bouclé la boucle. Son passé avait rattrapé son présent.

— Je n'ai jamais su le nom du ravisseur de Kit, déclara Luna.

Dans son récit des événements passés, elle l'appelait toujours *ce chasseur,* en y ajoutant parfois *enfoiré* ou *bâtard.*

Darian ouvrit la portière de la voiture et déclara d'un ton bourru :

— Si c'est Gérard, nous nous occuperons de lui une fois pour toutes.

Une partie amère de Poppy manqua de répondre « *comme la dernière fois ?* ». Gérard continuait de blesser des gens parce qu'il échappait sans cesse aux mâchoires de la mort.

Luna avait échoué. Sa mère. Darian aussi. Connaissant Kit, il ferait de son mieux. Quel espoir avaient-ils contre un humain qui semblait avoir plus de vies qu'un chat ?

Tu n'as pas intérêt à devenir lâche maintenant.

Elle baissa le menton et prit une profonde inspiration. Du calme. Elle pouvait le faire.

Elle le devait.

Ne pas agir n'était pas une option.

Elle regarda les bois, clignant des yeux ; les phares du quatre-quatre s'éteignaient. Sa vision s'ajusta lorsqu'elle se souvint de sa course paniquée à travers les bois. Elle l'avait revécue dans tant de cauchemars qu'elle pouvait désormais jeter un coup d'œil autour d'elle et rester calme. Ce n'était pas si effrayant en ce moment, malgré l'obscurité.

J'ai survécu une fois. Je peux le refaire. Après tout, elle était plus âgée, plus forte et elle n'était pas venue seule.

— On y va à deux ou à quatre pattes ? demanda-t-elle, espérant que personne ne remarquait qu'elle parvenait à peine à garder son sang-froid.

— Je ne sais pas à quoi nous devons nous attendre en termes de résistance, admit Luna. Comme nous sommes vraiment débordés, je crains qu'il n'y ait pas eu assez de temps pour étudier l'endroit.

— Nous n'avons aucune idée du nombre de personnes sur place, grommela Lochlan. Je suppose qu'ils sont armés.

— C'est le plus probable.

Poppy se mordit la lèvre. Elle s'excusa presque de leur avoir demandé de l'aider à sauver Kit. Mais elle savait que même si elle leur avait dit de partir, ils ne l'auraient pas fait. Kit était l'un d'entre eux. Il risquerait sa vie pour les sauver. Ils n'en feraient pas moins.

Hammer remarqua :

— Je sens l'huile d'arme à feu. Par là.

Comme il avait le meilleur sens olfactif de tous, elle ne doutait pas de sa déclaration.

— Je suppose que cela répond à une question. Et moi qui n'ai pas pris de gilet en Kevlar, regretta Lochlan. Fantastique.

— Vous voulez rester derrière ? se moqua Luna.

— C'est cela, oui. Cela fait un moment que l'on ne m'a pas défié.

— Vous n'aviez pas l'air content.

— Pour votre information, c'était l'air content de Loch', se moqua Hammer.

C'était vrai. Poppy regarda l'homme plus âgé, qui de tous avait le plus d'expérience dans ce genre de situation, à l'exception peut-être de Luna. Mais elle faisait confiance à Lochlan.

— Que devrions-nous faire ?

— Ne pas perdre de temps à papoter, déclara Lochlan.

— Les hommes iront à quatre pattes. Formation triangle. Les dames se dirigeront vers la maison.

Luna émit un son très peu féminin.

— Oh, comme c'est trop chou de nous dire quoi faire, à nous autres pauvres petites dames ?

— Vous avez une autre idée ? demanda Lochlan en haussant les sourcils.

Apparemment, c'était le cas de Darian.

— Nous pourrions nous y rendre en quatre-quatre directement. Peut-être que si nous affrontons ce connard tous ensemble, il nous rendra Kit pour sauver sa peau.

— Parce qu'un gars qui aime chasser notre espèce va s'écraser et nous donner ce que nous voulons ?

Poppy ne put contenir son sarcasme face à l'idée irréfléchie de son frère.

— Tu vois ce que je disais ? Être en couple l'a rendue méchante, se plaint Darian à Hammer.

— Il était temps que cette fille ait du cran, marmonna Lochlan.

— C'est une femme, pas une fille, assura Luna. Je vois que le sexisme est bel et bien vivant dans votre monde.

— Puisque ça vous pose problème, préféreriez-vous y aller à quatre pattes, alors ? demanda Lochlan.

Ils se fusillèrent du regard.

Avant que le désaccord ne dégénère, Poppy intervint.

— C'est un bon plan, Lochlan. Luna et moi irons sur nos deux jambes.

Un autre jour, elle se serait rangée du côté de Luna et les aurait engueulés pour leur sexisme, mais très honnêtement, elle ne voulait pas être dans sa forme de louve lorsqu'elle ferait face à l'homme qui avait enlevé Kit. Elle voulait lui dire ce qu'elle pensait. Et lui foutre quelques coups de poing au visage. Ensuite, elle le tuerait. Parce qu'elle savait qu'il ne fallait pas gâcher une bonne vengeance. Dans les films, ceux qui hésitaient subissaient généralement une tragédie évitable. C'était pourquoi il fallait toujours tirer deux fois sur un zombie.

Ils abandonnèrent la voiture, et les hommes fourrèrent leurs vêtements dans des sacs à dos que Luna et Poppy portaient. Toutes deux portaient des vêtements amples avec des chaussures qu'ils pouvaient facilement enlever. Poppy avait même évité de mettre un soutien-gorge ou une culotte. Une fois, elle avait vu une amie se faire prendre dans sa culotte pendant qu'elle se transformait. Rien de plus ridicule qu'un loup avec un string.

Poppy et Luna ne dirent pas grand-chose. Elles avaient parlé pendant le voyage.

— *Alors c'est vous qui avez sauvé et adopté Kit*, avait été la phrase d'ouverture de Poppy.

Luna s'était exclamée :

— *Putain de merde, vous êtes en couple.*

La bonne nouvelle était qu'elles s'entendaient bien. La mauvaise, c'est que Luna lui avait parlé du sauvetage de Kit. Du fait qu'il était le dernier survivant de sa famille. Qu'il avait vécu dans une cage. De la manière dont il avait souffert de la torture.

Ça avait brisé son cœur.

— Nous ne pouvons pas laisser cet homme le garder.

— Le règne de la terreur sur notre espèce se termine aujourd'hui, promit Luna.

Mais cela mettrait-il un terme aux cauchemars de Poppy ?

Poppy n'avait pas été dans ces bois depuis quelques années, mais elle reconnaissait certains points de repère. Après tout, elle les avait parcourus plus d'une fois lors de ses visites à sa mère avant de devenir la prisonnière de Gérard.

Comment n'avait-elle pas su que la maison avait été reconstruite ? Serait-ce vraiment Gérard ? Elle ne douterait pas qu'il aurait le culot de mettre une nouvelle maison sur les cendres de l'ancienne. Après tout, qui revenait sur les lieux de ses crimes ? Des psychopathes assassins qui torturaient des enfants, voilà qui.

Alors qu'ils approchaient de la maison, Poppy fit attention à ce que ses pas restent silencieux et prêta attention à l'endroit où elle posait ses pieds. Le trio de loups était hors de vue, mais elle savait qu'ils observaient.

Leur présence la rassurait. Tout comme le pistolet placé dans son dos. Elle avait pris l'arme de Rose-Marie malgré les objections de Darian.

Sa réponse : *Tout le monde sait que l'on n'apporte pas de griffes à une fusillade.*

Un slogan à imprimer sur un T-shirt.

Heureusement, Lochlan avait accepté. Elle n'avait pas demandé comment il avait réussi à garder son arme dans l'avion malgré les lois strictes du Canada. Tout ce qu'elle savait, c'était que cela les protégerait si elle en avait besoin, car Lochlan, le père qu'elle n'avait jamais eu, lui avait appris à tirer il y a un peu plus d'un an.

La lisière de la forêt offrait une bonne cachette permettant d'observer la maison. Le nouveau bâtiment, une maison en rondins, était composée de gros troncs qui s'entrecroisaient aux angles. Le porche mesurait plus de trois mètres de haut. Un type avec un fusil en travers de la poitrine le gardait.

Un coup d'œil discret à gauche et à droite permit de repérer deux autres gardes, qui se trouvaient dans des cabanes dans les arbres à la lisière des bois défrichés. Il aurait été plus intelligent d'en placer quatre. Ils avaient laissé quelques manques dans leur surveillance.

Luna tapota le bras de Poppy et souligna les menaces qu'elle avait déjà repérées.

Les loups étaient toujours hors de vue.

Luna montra la maison du doigt. Des projecteurs tout autour la maintenaient bien éclairée, mais ils étaient actuellement sur un réglage bas, fournissant juste assez de lumière pour montrer le mouvement sur l'herbe alentour. Ils auraient besoin d'une distraction pour passer sans être détectés.

Juste à ce moment, un cri fut étouffé. Alors que le garde en face de celui qui avait crié descendait de son perchoir, Poppy sprinta, se déplaçant rapidement vers le mur ouest.

Luna suivait à quelques pas derrière. Un coup de fusil partit. C'était dommage, car cela attirerait une attention qu'ils ne pouvaient pas se permettre d'attirer.

Soudain, la surface dure sous les pieds de Poppy s'effondra. Une fosse s'ouvrit, et pendant un instant, il sembla que Poppy courait dans le vide. Puis la gravité l'attrapa et la tira vers le bas.

CHAPITRE VINGT-TROIS

La chute ne dura pas longtemps. Poppy tomba durement contre le sol spongieux.

Ouille.

Il lui fallut quelques battements de paupières et respirations pour retrouver ses esprits. Le faible clair de lune pénétrait à peine l'obscurité du fond de la fosse. *S'il vous plaît, qu'il n'y ait rien qui grouille avec trop de pattes.* Regarder *Indiana Jones et le Temple maudit* l'avait traumatisée à vie.

Luna jeta un coup d'œil par-dessus le bord.

— Pénélope ?

Elle gémit et s'assit.

— Ici. Rien de cassé, enfin je pense.

— Je vais te faire sortir. Ne bouge pas.

Comme si elle pouvait aller quelque part.

Poppy arpenta la fosse, observant les murs à la recherche de prises. Elle se sentait si bête. Elle n'avait ni flairé ni rien senti quoi que ce soit d'anormal, et était littéralement tombée dans le piège.

Les murs de terre n'offraient pas grand-chose à quoi s'accrocher, mais elle essaya quand même d'escalader les côtés. La largeur s'avéra tout juste suffisante pour déjouer ses tentatives. La terre s'effondra et la renvoya au fond.

Un gros soupir lui échappa. Piégée. Elle serait sûrement découverte d'une seconde à l'autre.

Un bruissement au-dessus de sa tête lui fit vraiment espérer qu'il s'agissait de Luna ou de l'un de ses amis avec une corde.

Un coup d'œil vers le haut montra un visage importun. Son cauchemar devint réalité.

Gérard.

Même si elle s'y attendait, la vue de son sourire narquois lui mit un sacré coup.

— Pénélope, comme c'est gentil de ta part d'être venue. Ça me fait tant plaisir de te voir.

— Je ne peux pas dire la même chose, rétorqua-t-elle, plutôt que de céder à la peur qui la déchirait.

— Tu te rebelles ? J'avais oublié la ressemblance avec ta mère. Une femme captivante. Dommage qu'elle soit morte.

— Tu l'as tuée.

— Comme je l'ai dit, dommage. Elle avait d'excellents gènes et des hanches faites pour accoucher. Si elle n'était pas morte, j'avais l'intention de le féconder jusqu'à réussir. Je suppose qu'avec son départ, tu feras l'affaire.

— Je suis stérile à cause de toi, connard.

— Eh bien, c'est une putain de honte. Tant pis. Je suis sûr que je pourrais t'utiliser d'autres manières. Après tout, tu es passablement attirante, et j'ai des besoins.

Son estomac se noua.

— Plutôt mourir.

— Que dirais-tu de changer d'avis, parce que tu sais quoi ? J'ai quelque chose pour ça.

Elle se sentit nauséeuse.

— Non. Je ne te laisserai pas faire.

— Me *laisser* faire ?

Il éclata de rire.

— Une fois que je t'aurai droguée, tu flotteras sur un nuage et tu ne diras pas un mot quand j'enfoncerai ma queue en toi.

— Espèce de lâche. C'est le seul moyen pour toi de coucher, en droguant une femme ?

— En fait, voir ton découragement lorsque tu te réveilleras et comprendras ce que j'ai fait sera un frisson supplémentaire.

Être maléfique à ce point était aberrant.

— Tu es malade.

— Tu refuses simplement de reconnaître que je suis meilleur que ton espèce. Plus Alpha que le meilleur Alpha.

Elle rit à cette réplique

— Tu es si loin d'avoir le charisme et la présence d'un véritable Alpha. Tu es pathétique.

— Dit la perdante au gagnant.

Une corde tomba dans la fosse.

— Sois une bonne fille et grimpe.

— Force-moi.

Bien qu'il soit difficile de paraître courageuse, elle essayait de le pousser à faire quelque chose d'imprudent.

— Comme si j'allais être aussi stupide. J'attendrai que le sédatif fasse effet.

La panique l'envahit. S'il la droguait, elle ne pourrait pas le combattre.

— Tu ne vas pas t'en tirer comme ça.

— Je l'ai déjà fait. Tu vois, j'ai capturé tous tes amis. Cette vieille femme ? On l'enchaîne pendant que nous parlons. Ton frère et son ami trapu ? Déjà dans des cages.

Elle ne réagit pas lorsqu'il manqua de parler de l'un de ses compagnons. Si Lochlan était libre, ils avaient une chance.

— Il y a une place spéciale en Enfer pour quelqu'un comme toi, dit-elle alors qu'il lançait quelque chose qui explosa en une poudre qu'elle ne put éviter d'inspirer.

— Oui, à la droite du diable. Bonne nuit, Pénélope. Dors bien. Tu en auras besoin.

Des mots inquiétants à entendre avant qu'elle ne s'endorme et ne se réveille dans un cauchemar.

CHAPITRE VINGT-QUATRE

Kit réussit à somnoler et rêva...

Il dormait dans une cage, seul. Le dernier de ses frères et sœurs avait disparu depuis un moment, et il était le seul qui restait au sous-sol. Le chasseur (« appelle-moi maître ») avait mis un collier en métal autour de son cou afin qu'il puisse faire de l'exercice pendant une courte période chaque jour.

Comme il ne restait plus personne pour superviser, il farfouillait généralement dans la pièce, testant les limites de sa laisse. À quelques reprises, il avait essayé de se libérer en se mettant à courir, seulement pour que le collier l'étouffe une fois la chaîne tendue.

La nourriture arrivait une fois par jour dans un bol avec une bouteille d'eau. De la viande uniquement parce que, comme l'avait déclaré le chasseur, « Les gens ne me paient pas pour chasser un bâtard de gros renard. »

Il ne savait pas ce que signifiait le mot bâtard, *mais*

il supposait que c'était mauvais. Parfois, il se demandait ce qu'il avait fait pour mériter cette punition. La vie d'avant lui manquait, mais comme tout ce dont il se souvenait était la douleur, il décida de l'oublier, de bloquer tout ce qui le faisait pleurer. Comme sa mère. Il ne se souvenait même plus de son visage.

Ni de son nom.

Le sous-sol était son monde, et quand le chasseur vint le chercher un jour en disant : « C'est l'heure », il ressentit un réel soulagement.

— Réveille-toi. C'est l'heure.

Quelqu'un secoua les barreaux de sa cage, le réveillant de son sommeil léger.

— Merde, mais où le patron a-t-il trouvé un rouquin ? Je ne pensais pas que son espèce avait autre chose que des nuances de brun et de noir.

— J'ai entendu dire que c'était un monstre de la nature. Moitié renard, moitié loup, dit le garde qui sentait la menthe verte à voix basse.

Celui qui sentait le tabac ricana.

— Son papa a bu un coup trop et a mis sa queue dans le mauvais chien ?

Cela fit presque réagir Kit. En vérité, il ne savait pas comment il était né. Les renards garous n'étaient pas censés exister. Et bien que Luna ait cherché (Kit aussi, à mesure qu'il vieillissait), ils n'en avaient jamais trouvé d'autres. La légende du Kitsune ne semblait pas pouvoir s'appliquer à un caucasien tel que lui.

Les gardes agrippèrent les barreaux de sa prison à

chaque extrémité et le hissèrent sur leurs épaules. Être déplacé hors du sous-sol n'augurait rien de bon.

Je suppose que c'est à mon tour d'être torturé.

La question était : la proie pouvait-elle se retourner contre le chasseur ?

Les gardes ne prêtaient aucune attention à ceux qui les regardaient tandis qu'ils déplaçaient Kit. Aucun des prisonniers n'émit le moindre son, mais leurs expressions maussades indiquaient qu'ils ne s'attendaient pas à ce qu'il revienne. Lui non plus. Si c'était comme lors de son dernier séjour chez le chasseur, une fois que l'on quittait le sous-sol, c'était la mort.

J'ai survécu avant, cependant. Kit avait été le seul à s'échapper. Pourrait-il avoir de la chance une troisième fois ? S'il avait une chance de se battre, il pourrait équilibrer les choses.

Malheureusement, ils ne l'avaient pas nourri depuis sa capture. Pas d'hydratation non plus. La bonne nouvelle ? Il était devenu plus vif au fil du temps, l'effet des drogues dans son système s'estompant. Il était donc au courant de tout, y compris de l'identité des nouveaux prisonniers qui avaient été amenés au sous-sol : Luna, Darian et Hammer, ce dernier tenant à peine dans sa cage avec ses épaules trapues.

Le dernier de tous avait été Lochlan, qui ronflait plus fort que les autres.

Tous drogués. Victimes d'un guet-apens qu'ils ne soupçonnaient pas.

Une seule personne manquait à l'appel.

Celle que Kit tenait le plus à voir. *Où es-tu, Penny ?*

Pendant que les gardes montaient les escaliers, sa cage s'inclina de sorte qu'il se retrouva la tête en bas. Le sommet de son crâne était appuyé contre les barres en métal léger qui étaient trop solides pour qu'il puisse les plier. Ils atteignirent le rez-de-chaussée de la maison et traversèrent la cuisine, son immense comptoir vide de nourriture, et dans une grande salle à deux étages où une fête battait son plein. Ce fut là que Kit trouva sa compagne. Avec une précision infaillible, il se tourna vers sa Penny, vêtue de blanc, la tête penchée, les yeux fermés. Droguée et endormie dans le fauteuil où elle avait été déposée.

Non. Il se hérissa, furieux, et pleura un peu intérieurement. Avait-elle été blessée ? C'était sa faute.

L'apitoiement sur son sort ne dura qu'un instant. Tant qu'il vivrait, il y avait encore une chance. Mais seulement s'il réprimait ses émotions et faisait attention.

Les participants à la fête, tous des hommes, portaient des treillis et des chemises de camouflage. Dix au total. Bruyants et arrogants, certains avec des bouteilles de bière à la main, d'autres avec des verres qui contenaient de l'alcool sur des glaçons. Ça lui rappelait la dernière fois où il avait été captif du chasseur, alors qu'il ne faisait même pas le tiers de sa taille actuelle. Sa terreur lorsque les hommes étranges l'avaient bousculé et s'étaient passé sa laisse.

Cette fois, ils ne pouvaient que regarder, leurs visages différents de ceux dont il se souvenait, mais leurs paroles et leur excitation familières. Tous excités par la chasse.

Devinez qui ils poursuivraient ?

Un ustensile frappa contre un verre alors qu'un homme attirait leur attention.

— Taisez-vous une seconde. Je veux faire un discours.

— Ferme-la, Lemongrass.

— Est-ce vraiment nécessaire ? demanda quelqu'un d'autre.

Lemongrass inclina son double menton.

— Oui, ça l'est, Potvin, parce que je tiens à remercier notre hôte pour cette incroyable occasion. Je n'ai jamais eu la chance de chasser un métamorphe, mais mon père, si. Il a adoré. Il m'a dit que c'était le rush ultime. Et maintenant, aujourd'hui, je vais comprendre pourquoi il aimait tant les chasser. Alors, merci, Gérard.

— Tout le plaisir est pour moi. Gérard, qui avait l'air élégant et pompeux dans ses tenues de camouflage, accepta les éloges avec aisance.

— Je lève mon verre au fait de tuer les monstres qui osent vivre parmi nous ! hurla Potvin, ses joues roses n'étant pas un signe de grande santé.

— Et à notre hôte, Gérard, pour avoir rendu cela possible.

Lemongrass leva son verre.

— Santé !

Gérard, lui, ne buvait pas, son regard de rapière

tombant sur tout le monde sauf Kit. Comme s'il n'avait aucune importance.

Un jeu de pouvoir qui avait terrifié Kit quand il était enfant. Maintenant que c'était un homme, il voyait clair dans son jeu. Gérard pouvait suinter toute la confiance qu'il voulait, ce spectacle visait à combattre son infériorité. À la racine même de sa personnalité de chasseur, il avait peur. Ils avaient tous peur.

Il suffisait de se débarrasser du chef et, très probablement, les autres se disperseraient.

Pendant que les hommes buvaient leur alcool et bourdonnaient d'excitation, Kit regardait Penny. Il essaya de la forcer à bouger par la force de sa pensée. Les drogues ne fonctionnaient pas de la même manière sur les garous que sur les humains. Mais Gérard, le même homme qui avait autrefois torturé sa Penny, saurait comment doser quelqu'un avec son métabolisme.

Exemple clé : Kit, réveillé pour le spectacle.

— Comment votre, euh, spécimen va-t-il changer de forme s'il n'y a pas de pleine lune ? demanda un petit homme nerveux en remontant ses lunettes sur son nez.

— Je suis content que vous me le demandiez, sourit Gérard. Il s'avère que les loups-garous, ou comme ils aiment s'appeler entre eux, les garous, existent depuis bien longtemps. Depuis si longtemps en fait, que nos ancêtres ont développé des moyens de s'occuper de leur cas. Certains de ces moyens ont été perdus parce que, après les avoir presque anéantis, cette connaissance est tombée dans l'oubli. Mais grâce à des recherches approfondies, j'ai retrouvé une partie de ces moyens. J'ai appris à reproduire leur parfum pour attirer les garous. J'ai même compris comment cacher ma propre odeur. Rien de plus compliqué que de s'arroser d'anti-parfum et d'en attraper un par surprise, dit Gérard avec un sourire sournois et complice.

— Ma fierté et ma joie, cependant, c'est la poudre que vous allez voir en action. Observez bien, messieurs.

Tous les regards se tournèrent vers Gérard qui s'approchait de la cage de Kit, un sourire narquois aux lèvres. Il s'accroupit.

— Petit chanceux de renard. Je vais te laisser sortir. Et je compterai même jusqu'à dix pour te donner une longueur d'avance avant de laisser ces garçons impatients de te poursuivre.

La lèvre supérieure de Kit se retroussa.

— Va te faire foutre avec ta longueur d'avance ! Je vais te tuer.

— Tellement prévisible et faux. Tu vas courir. Tu ne pourras pas t'en empêcher, parce que tu ne seras pas toi-même. Un effet secondaire intéressant, car le médicament fait ressortir le côté primal de ton espèce. Et je veux juste que tu saches que pendant que tu cours pour ta vie, je vais être ici en train de m'occuper de ta petite amie, même si elle est stérile, parce que je sais que cette pensée va te rendre fou.

Là-dessus, Gérard avait raison. Kit tremblait de rage.

— Tu vas mourir. Très lentement. Dans d'atroces souffrances.

— Et ce sont, messieurs, ses derniers mots.

Gérard se leva, la main tendue pour vider un sac.

La poudre de transformation avait une apparence anodine, mais ne pouvait être évitée. Elle tomba sur sa peau. Sur ses cils. Sur ses lèvres. À l'intérieur de son nez. La poussière finement broyée s'enfonça dans sa chair.

Au début, il n'y avait qu'une chatouille, facilement ignorée tant il était obnubilé par Gérard. Le cliquetis du métal fut suivi par l'enfoncement et la rotation de la clé dans le cadenas de sa cage. Kit se prépara à bondir.

Sa chair commença à le démanger là où la poudre s'était déposée. Chiant. Mais il l'ignora aussi.

La porte de sa prison s'ouvrit et Kit se jeta en avant, pour tomber quand une sensation de brûlure le déchira.

Avant de commencer à crier, il entendit la voix de Gérard.

— Messieurs, qui est prêt à chasser ?

CHAPITRE VINGT-CINQ

Le martèlement dans la tête de Luna n'était pas seulement dû au somnifère, mais aussi à la honte, parce qu'elle avait échoué.

Non seulement elle n'avait pas réussi à secourir Kit, rompant ainsi sa promesse de toujours le protéger, mais elle n'avait également jamais réussi à retrouver Pénélope. Elle avait fait une grave erreur de calcul et les avait tous conduits dans un piège.

C'était sa faute. Pendant un temps, elle avait soupçonné que quelque chose sentait mauvais au Lykosium, mais elle n'avait pas cherché plus loin quand elle n'avait pas compris d'où venait la pourriture. Mais quand Pénélope était tombée dans ce trou dans le sol, indiquant que le chasseur était préparé, Luna s'est rendu compte que c'était un coup monté.

Elle n'était jamais arrivée dans les bois. Des hommes sans parfum étaient sortis de derrière les buissons, braquant des fusils tranquillisants. Ils avaient tiré avant qu'elle ne puisse lancer un avertissement.

Trahie, parce que la formule pour masquer le parfum était un secret bien gardé de Lykosium.

Tranquillisée comme un animal, Luna s'était réveillée prisonnière. Contrairement à la plupart des autres garous capturés, Luna n'avait pas fini dans une cage, car, apparemment, ils n'en avaient pas assez. Dix cages, dix captifs, dont ses récents compagnons. Elle sentait Darian et Hammer, Kit aussi. Et un de plus, également enchaîné, mais elle choisit de l'ignorer pour l'instant.

Aucun signe de Pénélope, cependant. Cela n'augurait rien de bon, car malgré la drogue, elle se souvenait vaguement d'une voix masculine déclarant :

— *Elle est trop vieille pour être utile à la reproduction. J'ai appris ça avec la dernière chienne que j'ai essayé d'utiliser.*

Grossier. Elle avait encore de nombreuses années pour devenir mère. D'accord, peut-être une. Aucune. Qu'il aille se faire foutre. Luna avait été occupée à essayer de servir et de sauver le monde garou. De plus, elle avait élevé un fils merveilleux, Kit.

Un garçon qu'elle avait laissé tomber, étant donné que la source de ses cauchemars avait réapparu. Pour sa défense, elle avait essayé de retrouver la personne qui avait attrapé et torturé Kit et sa famille. Elle avait essayé de localiser la personne qui avait loué le pavillon. Ses efforts avaient été vains. Les dossiers avaient montré qu'il était loué par une société-écran et utilisé par un grand nombre de ses employés.

Occupée par un enfant et ses devoirs d'exécuteur, elle n'avait pas creusé aussi profondément qu'elle aurait dû. Une erreur, compte tenu des circonstances actuelles. Le putain de passé était revenu à la charge.

À ses côtés, un mâle grisonnant commença à s'agiter. Lochlan de la Meute sauvage. Son histoire était inconnue avant son arrivée dans le nord de l'Alberta. C'était étrange, mais ce n'était pas une priorité en ce moment. Contrairement au fait de s'échapper.

Les chaînes autour de ses poignets et de ses chevilles cliquetèrent lorsqu'elle bougea. Bien ajustées à la peau et encastrées dans le mur, elles étaient soudées et trop épaisses pour se casser. Mais au moins, elle n'était pas couchée dans une cage. Son cœur lui faisait mal et voir ses semblables traités si mal la faisait bouillonner de colère.

Les yeux de Lochlan s'ouvrirent.

— Je suppose que vous n'avez pas de scie à métaux.

La question sèche la surprit.

— Non.

— Moi non plus.

Il baissa les yeux sur son corps nu. Un beau corps.

— Je déteste quand ils vous enchaînent.

Elle essaya de ne pas cligner des yeux à la réponse. Cet homme était intéressant. Elle devrait peut-être faire plus de recherches sur lui une fois qu'ils seraient sortis de là.

S'ils sortaient de là. Les choses ne se présentaient pas trop bien pour le moment.

Lochlan tira sur ses chaînes, la longueur trop courte pour lui permettre d'étendre complètement ses bras.

— Elles sont fixées dans du ciment, déclara Luna.

— Bien sûr qu'elles le sont.

Il se pencha en avant et grogna en se pliant. Bien qu'il fût déjà grand, il avait en quelque sorte grossi encore plus ; ses muscles, son cou et les veines de ses bras se bombèrent.

Pop.

La chaîne de gauche se brisa.

Celle de droite demanda moins d'effort, vu qu'il put l'entourer de sa main libre. Il soupira sous le poids de l'effort. Ce dernier fut payant, car Hammer réussit à libérer son autre bras. Les chaînes pendantes tintèrent tandis que Lochlan fléchissait et s'étirait.

— Impressionnant, commenta-t-elle, et elle ne parlait pas seulement de sa force. Il était physiquement beau et elle nota une intéressante traînée de fourrure argentée sur sa poitrine.

— Pas vraiment. Disons plutôt que j'ai abattu bien trop d'arbres avant l'hiver, dit-il, minimisant un exploit que peu de gens auraient pu accomplir. Il est temps de s'occuper des jambes, ajouta-t-il.

Ses genoux étaient déjà pliés pour pouvoir accueillir les courtes chaînes. Il attrapa une attache de cheville et la cassa avant de s'occuper de celle qui se trouvait de l'autre côté. Délivré, il se leva et s'étira, se penchant sur elle, un homme vraiment grand, beau aussi, si on les aimait robustes... et c'était le cas de Luna. Ce qui était quelque chose à laquelle cette dernière n'avait pas pensé depuis des années. Difficile de ne pas penser au sexe avec une queue qui traînait sous ses yeux et un ventre musclé et tentant.

Aimerait-il que ce soit doux et tendre ou bestial et moite ?

Ce n'était pas le moment de se rappeler soudainement qu'elle restait une femme, même si elle avait la cinquantaine. Luna tendit les poignets.

— Si cela ne vous dérange pas.

— Je pense que je ne devrais peut-être pas vous libérer, puisque vous semblez attirer les ennuis.

— Qu'est-ce qui vous fait dire ça ?

— Cet endroit avait besoin de plus qu'une poignée d'entre nous pour attaquer.

— Nous n'étions pas censés attaquer, mais récupérer, grommela-t-elle.

Elle n'était pas sur le point d'admettre qu'elle avait sous-estimé leur ennemi à cause d'un grave manque d'informations. Quelqu'un avait-il intentionnellement omis des informations importantes dans l'espoir de l'attirer ici ?

Lochlan jeta un coup d'œil au sous-sol et à toutes les cages contenant des gens. *Leur* peuple, même si beaucoup étaient des inconnus.

— Ce connard a une sacrée organisation. Comment a-t-il échappé à votre attention pendant si longtemps ?

Il posa sur elle un regard accusateur.

Elle voulait offrir une réplique à sa critique, mais il avait raison. Ce genre de chose n'aurait pas dû survenir. Le Lykosium existait pour empêcher cela. Pourtant, sans l'enquête de Kit, ils n'auraient jamais rien su.

La possibilité qu'il y ait d'un traître au conseil, quelqu'un qui avait caché les actions de ce maniaque, lui laissa un goût amer dans la bouche.

— Vous n'êtes pas le seul à vous demander comment cela s'est produit. Mais pouvons-nous garder les accusations pour plus tard ?

Elle leva les poignets.

— Libérez-moi afin que nous puissions faire quelque chose à ce sujet.

— Toujours pas convaincu que ce soit une bonne idée.

— Considérez cela comme un ordre du Lykosium.

— Je ne vous prenais pas pour le genre de personne qui abuse de son rang.

Il s'accroupit et attrapa une chaîne à la droite de Luna.

— Je ne vous prenais pas pour un bavard.

Il grogna et tira. *Clac*. *Clac*. Poignets puis chevilles. Il la libéra avant de dire d'une voix forte :

— Et maintenant, ô puissante membre du conseil ?

— Sortez tout le monde des cages et préparez-vous à fuir. Je vais chercher une issue.

À sa suggestion, il poussa un soupir dédaigneux.

— Et si j'espionnais et que vous jouiez le rôle de la sauveuse ?

Elle le regarda.

— Possible qu'un homme nu de presque deux mètres soit un peu plus visible que moi.

Encore une fois, il émit un son moqueur.

— Comme si vous vous fondiez mieux avec ces yeux et cette attitude.

— Qu'est-ce que c'est censé vouloir dire ? Vous avez un problème avec les femmes qui s'affirment ?

— J'ai un problème lorsque vous entraînez les gens dans des situations sans être correctement préparés.

— Et qu'auriez-vous fait différemment ?

— J'aurais abandonné la voiture beaucoup plus tôt. Je serais entré à pied avec des fusils. J'aurais installé une position de tireur d'élite dans un arbre et envoyé quelqu'un pour faire sortir les gardes.

— Des mots d'ancien militaire.

— D'un ancien militaire encore vivant. Vous, en tant qu'ancienne exécutrice, auriez dû savoir qu'il ne fallait pas venir sans renfort.

— Vous et les autres étiez censés en fournir.

Il la fixa.

— Sérieusement ? Trois civils non entraînés, dont l'une souffrant de stress post-traumatique et accouplée à la cible que nous sommes ici pour secourir ? C'est ça, votre idée de renforts ? Cette opération aurait dû mériter une équipe complète d'exécuteurs.

— Aucun n'était disponible, marmonna-t-elle.

— Qu'est-ce que vous voulez dire par « aucun n'était disponible » ? Putain, qu'est-ce qu'ils font de plus important ?

— Tout d'abord, nous n'en avons pas autant que vous le pensez qui travaillent pour nous. Plus maintenant. Leur nombre a diminué ces dernières années.

Démissions, accidents. Dans le passé, cela aurait été problématique, mais la plupart des choses peuvent être traitées par voie électronique, de nos jours. Une grande partie de leur activité consistait à effacer les preuves vidéo, les tweets et les blogs et, lorsque cela ne fonctionnait pas, à discréditer ceux qui les postaient.

— Vous en avez eu assez pour envoyer une équipe après Samuel quand il est venu après Rok et Meadow au ranch.

— J'en avais assez.

Puis elle ajouta d'une voix presque inaudible :

— Cette équipe, à l'exception de Kit, a disparu depuis.

Ce n'était probablement pas le bon moment pour l'admettre.

— Elle a été vue pour la dernière fois dans cette zone.

— Putain de merde, vous vous moquez de moi ? demanda Lochlan avec un regard noir.

— Et vous venez juste de penser à le mentionner ?

— Je ne savais pas à qui je pouvais faire confiance.

— Alors à la place, vous n'avez fait confiance à personne et nous avez tous mis dans la merde.

— J'ai fait ce que je pensais être le mieux.

Elle essaya de tempérer son irritation. Ils devaient agir rapidement s'ils voulaient sauver Kit. Elle pouvait le sentir dans cette pièce. Il avait été ici, et trouver une cage vide était un signe inquiétant.

Pendant que Lochlan partit vérifier la configuration du terrain, elle se déplaça parmi les prisonniers. Ils étaient accrochés aux barreaux de leurs cages et suppliaient à voix basse pendant qu'elle regardait les cadenas. Elle allait avoir besoin de quelque chose pour les ouvrir. Une boîte à outils fournit un tournevis qu'elle cala dans les serrures pour les tordre.

Quelques-uns des prisonniers ne réagirent pas immédiatement à leur liberté. D'autres se glissèrent hors de leurs cages en silence et se blottirent sur le sol, incertains de la manière de se comporter. Un seul prisonnier, un exécuteur qu'elle reconnut et croyait perdu, hocha la tête et murmura :

— Merci.

Elle n'avait pas de réponse, car ils avaient manifestement mis trop de temps à venir à la rescousse, étant donné qu'Harry était le seul survivant de son équipe. Il attrapa un outil pour l'aider avec le reste des cages, et bientôt, avec deux aides supplémentaires, tout le monde était libre.

Lentement, les survivants se rassemblèrent en groupe derrière Luna. Lochlan les rejoignit à ce moment-là pour lui annoncer ses découvertes. Bien qu'il soit encore nu, il semblait à l'aise parmi les autres. Luna était celle qui se sentait visible dans ses vêtements.

— Nous allons devoir monter les escaliers et traverser la maison.

— Cela ne semble pas idéal, déclara-t-elle.

— C'est la seule issue. La plupart ne passeront pas par les fenêtres même si nous pouvions enlever les barreaux. Sans oublier que nous serons des cibles faciles lorsque nous émergerons.

Luna regarda les escaliers et grimaça.

— Très bien, attaquons de front.

— Nous allons nous transformer. Cela nous rendra plus rapides, suggéra l'un des anciens captifs.

— Excellente idée. Ceux qui se sentent assez forts, partez devant. Il serait peut-être bien de vous mettre en binôme avec quelqu'un qui est en plus faible.

Elle en fit une suggestion, sachant qu'aucun garou ne serait laissé pour compte.

— Si nous y allons à quatre pattes, que ferons-nous pour les portes ? demanda quelqu'un.

— Je resterai sous ma forme humaine pour gérer tout ce qui nécessite des doigts.

Trop de changements, et ceux qu'elle avait libérés commenceraient à s'effondrer. Le corps avait ses limites.

— Tout le monde est prêt ? demanda Lochlan.

Son air confiant s'est avéré contagieux. Quelques colonnes vertébrales se redressèrent.

— Une fois arrivés au rez-de-chaussée, dirigez-vous vers la sortie la plus proche, puis vers les bois. Attendez-vous à de la résistance. Essayez de vous échapper si vous le pouvez. À deux kilomètres au sud d'ici, vous trouverez une voiture avec du matériel.

— Fuir ? murmura quelqu'un.

— Cela s'appelle rester en vie, objecta Luna.

— Pendant combien de temps, si cet enfoiré est laissé en paix pour continuer à nous chasser ? rétorqua une femme avec des ecchymoses qui firent mal à Luna rien qu'à les regarder.

— Et si nous voulons nous battre ? proposa Harry.

— Je ne sais pas à combien d'entre eux nous serons confrontés. Je n'ai pas besoin de vous dire qu'ils sont armés. Impitoyables. Mortels.

— Nous aussi.

La plus petite d'entre eux, une adolescente, s'avança.

— Cette fois, je n'hésiterai pas à tuer.

— Des morsures mortelles ou rien, affirma un autre.

— Il faut les arrêter.

D'autres murmures s'élevèrent.

Luna jeta un coup d'œil au groupe de visages décharnés. Ces gens étaient sales et effrayés. Mais aussi courageux et déterminés. Et conscients que la menace n'en était pas une dont ils pouvaient s'éloigner.

Il n'y avait qu'une chose qu'elle pouvait dire.

— Que la lune brille de mille feux sur votre vengeance cette nuit, cita-t-elle, ne se souvenant pas de l'auteur ni même des mots exacts, mais appréciant l'idée.

— Battons-nous. Battons-nous.

Le doux chant lui donna la chair de poule, et l'air même réagit alors qu'ils commençaient tous à bouger. Avec ce changement, une partie de leur confiance en eux revint.

Luna la nourrit.

— Vous êtes garous. Il n'y a personne de plus puissant que nous. De plus forts. De plus rapides. De plus intelligents.

Sa voix s'adoucit.

— Et quand l'un de nous est menacé...

Lochlan, le dernier debout, la regarda dans les yeux en disant :

— Nous nous débarrassons de ceux qui osent s'attaquer à nous.

Sur ces mots, ce dernier se transforma en un grand loup à la robe argentée et gris profond. Superbe. Elle garda cependant ses mains pour elle. Les caresses étaient quelque chose d'intime et ne devaient pas être prodiguées avec désinvolture.

Il était le seul à marcher à ses côtés lorsqu'elle monta les marches, grimaçant à chaque craquement. Elle regarda la porte et espéra qu'elle ne serait pas soudainement criblée de balles. Elle atteignit le palier supérieur, posa la main sur la poignée et ouvrit la porte.

Derrière, elle trouva un garde avec son arme baissée.

— Mains en l'air, commença-t-il à dire, puis ses yeux s'écarquillèrent lorsqu'il vit qui la passait devant elle.

Le pistolet s'abaissa, mais Lochlan plongeait déjà vers les chevilles de l'homme. Un coup de feu passa loin au-dessus de la tête de Luna. Le soldat était hors d'état de nuire. Il ne fallut que très peu de temps pour s'assurer qu'il ne se relèverait plus jamais. Il eut la gentillesse de mourir sans sonner l'alarme.

Luna était soulagée. Ils avaient maintenant une chance.

Elle jeta un coup d'œil aux escaliers remplis de loups :

— Allez-y.

Une marée poilue déferla dans la cuisine, se séparant par paires, Harry et son partenaire se dirigeant vers les escaliers, le reste vers la porte donnant sur l'extérieur. L'îlot de la cuisine cachait la majeure partie de leur activité, non pas qu'il semblait y avoir qui que ce fût en vue. Luna resta coincée près des armoires et fit de son mieux pour ne pas broncher au son d'un cor.

La chasse avait commencé. Une chasse pour son fils, Kit. Alors que le dernier des loups s'enfuyait, elle s'avança à découvert, Lochlan à ses côtés, prête à rejoindre les autres. Mais ensuite, elle remarqua quelqu'un dans le coin le plus éloigné de la grande pièce massive en face de la cuisine. Alors qu'elle s'approchait, elle jeta un bref coup d'œil autour de l'espace de deux étages décoré de têtes d'animaux montées. Puis elle vit Pénélope qui était inconsciente, et debout au-dessus d'elle, l'homme que Luna aurait dû retrouver et tuer il y a si longtemps.

Pour détourner son attention, elle tenta :

— Tu dois être Gérard. Je ne pense pas que nous ayons été présentés.

Il se retourna, arquant un sourcil surpris.

— Si ce n'est pas la vieille chienne du sous-sol.

— Tu as fait une grave erreur en vous attaquant à mon peuple, déclara-t-elle en entrant complètement dans la pièce, consciente sans regarder que Lochlan la flanquait sur la gauche.

Elle garda l'attention de Gérard.

— Je m'attendais à quelqu'un de plus impressionnant.

Il rit.

— Tu pensais que j'allais soudainement me mettre en colère et faire quelque chose de stupide qui me fera tuer juste parce que tu m'insultes, et mal en plus ?

Son regard acéré semblait amusé de cette hypothèse.

— Cela fait trente ans que je tue des membres de ton espèce. Cela a commencé avec la famille de Tristan, pour tout te dire. J'avais attrapé un loup dans un piège, mais surprise, ce n'était pas qu'un loup. Imagine ma joie quand il m'a parlé de sa femme renarde et de ses enfants pour sauver sa vie.

Elle aurait pu vomir.

— Tu as tué ces enfants.

— Des enfants. Des mères. Des pères. J'essaie de ne pas faire de discrimination.

Son large sourire était écœurant.

— Pourquoi ?

— Parce que je peux le faire.

La réponse d'un monstre inconscient.

— Quelqu'un t'a aidé.

Ce n'était pas une question, mais un fait qu'elle

énonçait. Après avoir tué la famille de renards, il en avait manifestement trouvé d'autres à abattre.

Il confirma son intuition.

— En effet, quelqu'un m'a aidé. L'homme qui a trahi son fils, en personne. Savais-tu qu'il fait désormais partie de votre précieux conseil ? Qu'est-ce que ça fait de savoir qu'un proche vous a trahi ?

À son tour d'essayer de détourner l'attention de Luna. Elle était déçue par son espèce. Celui qui les avait trahis le paierait de sa vie. Une fois qu'elle se serait occupée du monstre qui se trouvait devant elle.

— Qui est le père ?

Elle n'avait jamais pu le savoir.

— Ne me dis pas que la puissante membre du conseil que tu es ne le sait pas, se moqua-t-il, toujours sans peur.

Il avait une main dans sa poche. Attrapait-il une arme ?

— Tu es affreusement arrogant pour un homme dans une pièce avec plusieurs garous, railla-t-elle.

Avait-il une arme à feu ? Ils pouvaient facilement détourner un couteau.

— Je sais comment contrôler votre espèce.

Il retira sa main de sa poche qui tenait un petit sac attaché par un cordon.

Le cuir du sac prenait l'avantage sur son odeur.

— C'est tout ce que tu as ?

— C'est tout ce dont j...

Lochlan se précipita, un saut qui aurait dû fonctionner, mais Gérard était prêt. De son autre main, il jeta une poudre sur le visage de Lochlan, la même merde qui l'avait endormie plus tôt.

Le grand loup tomba au sol, sonné, pas complètement endormi, mais incapable de faire quoi que ce fût à cet instant.

Retenant son souffle, Luna se précipita vers Gérard, qui se retourna à temps pour vider le contenu du sac en cuir. La poudre flottait dans l'air lorsqu'elle le traversa. Elle ne voulait pas l'inspirer, mais un chatouillement saisit sa gorge et elle haleta. La poudre la remplit, une poussière brûlante qui entrait dans ses poumons puis dans ses veines.

Elle hurla.

Et hurla et hurla, parce que la bête qu'elle gardait habituellement enfermée se frayait un chemin pour sortir.

CHAPITRE VINGT-SIX

La tête de Poppy était comme dans un nuage jusqu'à ce qu'elle entende *le* cri, un gémissement d'agonie sans fin qui se termina par un hurlement terrifiant.

Elle ouvrit les yeux sur un cauchemar. Le monstre, une chose aux dents acérées et aux gigantesques griffes, avait un dos strié et une queue qui fouettait l'air. Un loup, pas d'un genre qu'elle avait jamais rencontré.

Poppy aurait crié si elle n'avait pas craint que le simple fait de respirer attire son terrible regard. Au lieu de cela, un instinct de fuite la poussa à courir vers les portes du jardin. La poignée céda à sa torsion et à sa poussée, la libérant dans l'air de la nuit. Elle leva les yeux et vit l'aube prête à se lever. Au loin, un cor annonçait l'appel à la chasse.

Elle vit des hommes monter à cheval, courir après les chiens qui aboyaient leur excitation tandis qu'ils chassaient un éclair roux se dirigeant vers les bois.

Roux.

Roux ?

Un renard.

Kit.

Son esprit paresseux fit le lien, donc elle courut après eux aussi, ses jambes s'emmêlant dans la robe qu'elle ne se souvenait pas avoir mise. Cette chose stupide l'empêchait de bouger comme elle le voulait. En effet, elle n'était plus entravée.

Elle se mit à courir sur quatre pattes sûres, ses sens plus aiguisés, la drogue se dissipant de son organisme. Derrière elle, elle entendit un cri de surprise et le bruit de coups de feu.

J'espère que Gérard est celui sur lequel on tire. Pendant une seconde, elle trébucha et s'arrêta. Elle se retourna pour jeter un coup d'œil dans la direction de la maison. Elle s'était enfuie pour échapper à un monstrueux loup, mais avait laissé derrière elle un monstre humain. Elle devait s'assurer que Gérard meure.

Les aboiements des chiens attirèrent son attention. Elle jeta un coup d'œil dans la direction où Kit s'enfuyait. C'était lui le plus important.

Elle courut, sautant par-dessus les ornières et les branches. Elle ne trébucha que lorsqu'un cri aigu fut suivi d'un silence. Puis des hurlements éclatèrent, quelques grognements et un cri de rage qui la fit se hérisser.

La plainte qui suivit semblait folle de douleur. Elle était tout de même reconnaissable. Son compagnon était blessé. Elle devait le trouver.

Elle fila à travers les bois afin de le chercher. Le cri

suivant était celui d'un humain en train de mourir, et il dura assez longtemps pour qu'elle entende la panique dans le martèlement erratique des sabots.

— Non. Non. Noooon !

Ce dernier son était proche, et elle aurait juré qu'elle pouvait sentir du sang.

Elle s'arrêta et attendit que les bruits approchent. Elle capta le regard sauvage derrière les lunettes alors que le chasseur se précipitait sur elle. Tenant les rênes d'une main, il pointa une arme de l'autre.

Il ne tira jamais. Une grande forme rousse bondit de la forêt et l'homme tomba si rapidement qu'il ne fit aucun bruit avant de mourir.

Le cheval sans cavalier passa près d'elle à toute allure et elle attendit.

Le grand animal roux se redressa, un véritable mélange de renard et de loup, les différences subtiles et nettes à la fois : un museau plus étroit, la couleur rougeâtre de son pelage. Elle le trouvait beau.

Et elle lui montrerait à quel point, mais d'abord...

Ouif.

Elle lui parla.

Il pencha la tête, montra un croc.

Ouaf.

Ils entendirent une voix au loin. Il la regarda et inclina la tête, son geste interrogateur.

On y va ?

En effet, ils y allaient. Avec d'autres membres de leur espèce à quatre pattes, ils chassèrent à la lumière naissante jusqu'à ce qu'il n'y ait plus de chasseurs.

Comme dans *plus de chasseurs*, qui resteraient probablement introuvables, car Kit savait où jeter des corps. Le même endroit que Gérard avait probablement utilisé auparavant, une gorge qui se resserrait à mesure qu'elle s'approfondissait. Non pas qu'ils soient restés pour participer au nettoyage. Un chasseur était encore en vie.

Gérard avait laissé des traces sanglantes. Il avait essayé de prendre sa voiture, mais il n'était pas allé loin, car Kit le fit sursauter en sautant lorsqu'il vit les phares.

Pourtant, Gérard n'abandonna pas. Il se jeta hors du véhicule, plus viande qu'homme, un côté de son visage et de son corps était un gâchis sanglant. Son bras pendait, mou, mâché et inutile. Pourtant, il refusa de céder, boitillant jusqu'aux bois.

C'était un plaisir de le suivre lentement, sachant qu'il ne pouvait pas s'échapper, sentant sa peur.

Poppy se transforma et se moqua :

— Tu t'en vas déjà ? Mais la chasse n'est pas encore terminée. Il en reste un.

Le niveau de peur de Gérard monta de quelques crans lorsqu'il se retourna pour lui faire face. Il n'était plus qu'une loque ensanglantée.

— Ne fais pas ça. S'il te plaît. Je te donnerai n'importe quoi.

— Peux-tu me rendre mon utérus ? La famille de Kit ? Ma mère ? La vie de ceux que tu as tués ? siffla-t-elle.

— Je...

Elle n'avait pas besoin d'excuses. Elle s'avança vers

lui, et il tomba, atterrissant sur le dos. Sa seule bonne main se leva, tenant un pistolet. *Son* putain de pistolet à elle.

La main de Gérard tremblait pendant qu'il visait. Il tira. Et la rata. Elle lui arracha le pistolet et plaça le canon contre son front avant d'appuyer sur la détente. Il mourut sur le coup, mais elle tira quand même une autre balle. Pour s'en assurer.

Cette fois-ci, l'ennemi ne reviendrait jamais.

CHAPITRE VINGT-SEPT

Kit ne se souvenait pas de grand-chose après avoir été forcé à se transformer, à part que cela avait impliqué la mort et le sang. Ni le sien ni celui de son espèce. Il avait chassé les humains. Et il avait aimé ça, en particulier lorsque sa compagne s'était associée à lui.

Ensemble, lui et Penny s'étaient débarrassés de ce qui les menaçait, eux et leur peuple. Ils avaient fait du monde un endroit plus sûr. Ils avaient mis fin à une ère de douleur et de souffrance.

Gérard ne reviendrait pas à la vie, cette fois.

Il recula et chancela, et pas seulement à cause de l'épuisement. C'était vraiment terminé.

Penny attrapa son corps oscillant.

— Kit !

Il lui rendit son étreinte et enfouit son visage dans ses cheveux. Il avait pensé pendant qu'il était dans cette cage qu'il ne pourrait plus jamais la tenir dans ses bras.

— Dieu merci, tu es en sécurité. S'il te plaît, dis-moi qu'il ne t'a pas fait de mal.

Il ne sentait pas d'odeur de sang, mais tout de même...

— Je vais bien. Toi, en revanche...

— Ça va. Juste affamé et fatigué.

— Oh, non alors. Je t'interdis de prononcer ce mot-là près de moi. Certainement pas.

Elle secoua la tête.

Était-ce la mauvaise chose à dire ? Ou était-ce la bonne chose ? Sa compagne réussit non seulement à le faire entrer, à l'envelopper dans un peignoir et à l'asseoir sur une chaise de cuisine, mais elle commença aussi à cuisiner.

Une soupe apparut, un bouillon léger pour commencer, ce qui, après en avoir pris une gorgée, l'amena à avaler tout le bol, en y trempant du pain grillé. Il se sentait mille fois mieux, mais quand il voulut se lever pour lui offrir son aide, Penny se retourna et le menaça avec une spatule.

— Assieds-toi. Mange.

Il lui sembla préférable d'obéir.

Il se régala du tas de pancakes. Du jus. Des œufs. Bava lorsqu'il termina le repas avec du flan.

Penny faisait des merveilles qu'il n'avait jamais vues dans cette cuisine, les odeurs chaleureuses attirant les garous survivants, un par un. Ils arrivèrent silencieusement pour la plupart, inquiets. Puis voraces. Ils tombèrent sur la nourriture, et alors que leurs ventres se remplissaient, leurs lèvres se desserraient et des histoires émergeaient, des souvenirs obsédants de leur capture.

Cela les réunit d'une manière qui permit à Kit de se sentir moins seul. Ils seraient à jamais marqués par cet événement, et pourtant, en regardant Penny, il savait que s'ils avaient tous juste une once de sa force : ils survivraient.

Il y avait une personne qu'il ne voyait pas, cependant. Non, deux personnes, en fait.

Il porta son assiette vide jusqu'au lave-vaisselle et demanda à Penny en passant :

— Où sont Luna et Lochlan ?

— Ta mère s'est changée en véritable monstre et a chassé Lochlan dans les bois.

Il cligna des yeux.

— Ça ne peut pas être Luna. Elle ne se transforme pas, à cause d'un traumatisme dans sa jeunesse.

— Oh, elle s'est transformée. Bon, elle ne l'a pas fait exprès. Gérard lui a soufflé une sorte de poudre qui l'a changée en un loup à l'air fou. Bien que je doive ajouter que j'étais encore assez droguée. En tout cas, je ne suis pas la seule à l'avoir vu. Hammer a vu Lochlan l'emmener loin de la maison et de tout le monde.

— Euh, ne devrions-nous pas les chercher ?

Elle secoua la tête.

— Selon l'un des survivants, il vaut mieux laisser la folie s'estomper, car un changement forcé de ce genre est une chose dangereuse.

— Tu n'es pas inquiète pour Lochlan ?

Elle ricana.

— Oh, par pitié ! Il est plus dur que ta mère.

— S'il la blesse...

— Lochlan rongerait d'abord son propre bras. Ne t'inquiète pas. Si quelqu'un peut l'empêcher de se blesser, c'est bien lui.

Ce n'était pas la réponse que Kit voulait entendre. Pas quand il s'agissait de la femme à qui il devait la vie.

Penny mit ses mains sur ses joues.

— S'ils ne sont pas de retour dans l'heure qui vient, nous irons les chercher.

Ils trouvèrent seulement une note là où le quatre-quatre avait été garé.

Ne faites pas confiance au Lykosium. Cachez-vous. À bientôt.

Des mots griffonnés avec l'écriture de Luna. C'était inquiétant, surtout avec les survivants qui demandaient des réponses à Kit et Penny.

Il n'en avait pas. Mais il avait accès à une tonne de véhicules. Assez pour que chacun puisse conduire confortablement.

Ce fut Darian qui exposa le plan aux autres après que Kit eut expliqué la situation. Ils partirent après le déjeuner, tout le monde prenant autant de nourriture, de vêtements et de trucs à revendre qu'ils pouvaient en mettre dans leurs véhicules.

Kit et Penny restèrent pour faire une dernière chose.

— Tu veux nous faire les honneurs ? demanda-t-il en lui offrant le briquet qu'il avait trouvé.

Ils avaient déjà fait couler une traînée d'huile depuis la marche du bas jusqu'à la maison.

Ils avaient attendu le coucher du soleil pour que personne au loin ne voie la fumée et ne vienne enquêter.

Pourtant, la flamme semblait briller lorsqu'elle dirigea vers la maison. Ils se tenaient côte à côte, regardant les flammes engloutir la maison de l'horreur pour la dernière fois.

Penny se dirigea vers lui. Elle frissonnait. Il la prit dans ses bras.

— C'est fini.

Ils prononcèrent les mots d'une même voix et joignirent leurs lèvres comme s'ils étaient synchronisés. Il dévorait sa bouche, la goûtait, la savourait. Sa bouche si sucrée. Parfaite.

Elle est à moi.

Il l'assit sur le capot du Range Rover qu'ils avaient gardé pour eux, tirant sur son pantalon lâche. Elle tira sur le sien, libérant sa queue en érection et la saisissant d'une main. Elle le guida en elle, soupirant de plaisir alors que les parois de son sexe l'agrippaient. Il s'ancra complètement en elle pour mieux sentir son corps battre autour de lui.

Elle enfonça ses doigts dans ses épaules alors qu'il se fondait en elle, la chaleur de la maison brûlante dans son dos, bien que rien ne soit comparable à la fournaise entre eux.

Elle gémit et frissonna alors qu'elle atteignait son apogée. Il la serra contre lui, ses hanches s'enfonçant, la pénétrant dans cet angle qui lui faisait pousser des cris aigus. Il la pilonna encore et encore jusqu'à ce que son corps se serre contre lui comme un étau.

Elle jouit. Il jouit. C'était aussi simple que ça. C'était parfait.

Et elle seule pouvait le faire rire pendant leurs câlins en disant :

— J'ai une envie de marshmallows rôtis. J'ai un sac et des brochettes dans le coffre si tu veux me rejoindre.

Ils dégustèrent des marshmallows parfaitement dorés et d'autres croustillants. Ils couchèrent encore ensemble avant de reprendre la route.

Il était temps de rentrer à la maison.

ÉPILOGUE

Leur maison n'était plus la même, réalisa bientôt Poppy, et ce n'était pas seulement à cause de toutes les nouvelles personnes qui se trouvaient au ranch.

Elle avait changé. Étant donné les conditions exiguës dans lesquelles il vivait, elle avait sauté sur l'invitation de Kit quand il lui avait demandé si elle voulait se joindre à lui pour un voyage dans le Montana le lendemain de leur arrivée, car il devait s'occuper de quelques affaires.

Elle faillit ne pas y aller : Astra était prête à éclater. Le bébé allait venir au monde d'un jour à l'autre.

Mais Astra avait ordonné :

— Va-t'en. Je t'appellerai quand les premières contractions commenceront. Ils disent que la première fois prend une éternité, vous aurez tout le temps de venir à l'hôpital. Nous partons demain matin nous-mêmes. Bellamy ne veut prendre aucun risque puisque le bébé se présente par le siège.

Avec ce genre de permission, elle n'avait pas pu résister, même si elle ignorait ce qu'étaient les affaires de Kit.

— Quand vas-tu me dire où nous allons ?

Il avait été terriblement méfiant à ce sujet et ne lui avait donné qu'un seul indice. *C'est mon plus grand secret.*

Elle devait le savoir.

Ils arrivèrent dans une grande maison qui avait une ambiance de vieux pays, de la pierre grise aux nombreux toits pointus qui montraient les nombreux ajouts. Des arbres fleurissaient partout et des jouets jonchaient le sol.

— Quel est cet endroit ?

Kit se gara et tambourina le volant des doigts.

— C'est là où j'ai combattu les cauchemars.

Une femme émergea de la porte d'entrée, l'air fier, ses cheveux encore majoritairement sombres, malgré ses quelques reflets argentés. Elle fut rejointe par une autre femme, un peu plus jeune, et un homme à qui il manquait une partie de la jambe.

Lorsqu'elle vit Kit sortir de la voiture, la première femme frappa dans ses mains.

— Il a ramené sa compagne à la maison !

Maison ? Poppy regarda le trio, notant le manque de similitude avec Kit en apparence. Leur seul point commun ? Ils étaient garous.

— Kit !
— Fais-moi confiance.

Il lui tint la main en la tirant vers l'avant.

— Bonjour, Irène. Jon. Jenna. Quoi de neuf ?

— Ah, tu sais. On a été occupés. Merci d'avoir acheté cette machine à coudre. Elle est déjà utile !

— J'essaie de récupérer ce métier à tisser que vous avez demandé.

La curiosité de Poppy s'accrut.

— Où est la horde ? demanda Kit en regardant à gauche et à droite, comme s'il cherchait quelqu'un.

— Ici.

Ce mot servit de signal en dépit des éclats de rire qui l'accompagnèrent. Des corps volaient de partout, certains petits, d'autres dégingandés. Les enfants coururent vers Kit, s'accrochant à lui, criant de nombreuses versions de « je t'ai eu ! ». Certains ne parlaient pas en français.

Lorsque Poppy s'approcha, elle ne put s'empêcher de sourire à la plus petite d'entre eux qui trottinait derrière un buisson, les mains collantes à cause des baies qu'elle avait écrasées dans sa bouche. Elle agita une main sale, et Kit l'attrapa, tolérant un baiser baveux.

Poppy haussa un sourcil.

— Tu viens de me ramener à la maison pour me présenter tous tes enfants ?

— Ils sont plus comme des frères et sœurs. Nous sommes tous frères et sœurs ici, précisa-t-il, sa main libre se tendant pour lisser les boucles d'un garçon serré contre sa jambe, un pouce dans sa bouche.

— Salut.

Elle lui fit un signe de la main, ce qui obligea l'enfant aux baies à tendre les bras. Poppy n'eut aucune hésitation à prendre le petit corps dans ses bras. Elle était trop jeune pour se souvenir de ce qui lui était arrivé, alors elle faisait facilement confiance, mais Poppy vit l'instinct de fuite dans les autres regards et remarqua la manière prudente dont ils se tenaient. Elle savait d'où venaient ces enfants, même les adultes debout sur les marches. C'étaient ceux que Kit avait sauvés qui n'avaient nulle part où aller. Ils n'avaient eu personne pour s'occuper d'eux, alors il l'avait fait.

Il s'occupait de tous.

Elle ne l'avait jamais autant aimé, parce que non seulement il l'avait guidée vers une vie pleine, mais il lui avait donné la seule chose qu'elle pensait ne jamais avoir.

La chance d'être mère.

Ce qui supposait devoir faire avec des empreintes digitales de framboise, comme elle le découvrit lorsque Tabitha lâcha finalement prise.

Poppy porterait fièrement cette chemise tachée chaque fois qu'elle en aurait l'occasion.

*
**

Elle se réveilla sur le siège arrière d'une voiture avec une intense migraine et la bouche pâteuse.

En se redressant, elle remarqua le profil robuste du

conducteur ainsi que ses cheveux et sa barbe couleur poivre et sel.

— Qui êtes-vous ? Où m'emmenez-vous ? demanda-t-elle en mettant une main sur son front pour se frotter.

Il lui jeta un coup d'œil dans le rétroviseur.

— Il était temps que tu te réveilles.

— Qui êtes-vous ? Et d'ailleurs, qui suis-je ?

— Tu ne devrais pas boire si c'est pour t'évanouir.

— J'ai bu ?

Cela sonnait faux. Elle aurait pu jurer qu'elle ne buvait jamais trop.

— Nous buvions tous les deux après le mariage.

— Quel mariage ?

Sa sinistre réponse retentit :

— Le nôtre.

———

Qu'a fait Luna ? Comment s'est-elle retrouvée mariée à Lochlan ? Découvrez-le dans *Le Rebelle amoureux*.

UN SECRET LIBÉRÉ

www.ingramcontent.com/pod-product-compliance
Lightning Source LLC
LaVergne TN
LVHW031539060526
838200LV00056B/4567